यह दुख : यह जीवन

(कविता-संग्रह)

यह दुःख : यह जीवन

तसलीमा नसरीन

अनुवाद

शम्पा भट्टाचार्य

वाणी प्रकाशन

वाणी प्रकाशन

4695, 21-ए, दरियागंज, नयी दिल्ली 110 002

शाखा

अशोक राजपथ, पटना 800 004

फ़ोन: +91 11 23273167 फ़ैक्स: +91 11 23275710

www.vaniprakashan.in

vaniprakashan@gmail.com

YEH DUKH : YEH JEEVAN

by Taslima Nasrin

Trans. by Shampa Bhattacharya

ISBN : 81-7055-443-8

Poetry

संस्करण 1996

आवृत्ति 2013

मूल्य : ₹200

न्यू कृष्णा ऑफ़सेट, दिल्ली-110 093 में मुद्रित

वाणी प्रकाशन का लोगो मक़बूल फ़िदा हुसेन की कूची से

अनुक्रम

कहानी	9
बेझिझक	10
चिथड़ा-चिथड़ा ये मन	11
खण्डित बांग्लादेश	12
कत्थई किताब	14
गौरी नहीं रही	15
कम्पन-1	17
फूस की लड़की	18
झुकाव	19
लज्जा, 7 दिसम्बर, '92	20
पानी में तैरना	21
कम्पन-2	22
बदनसीब	23
फिर देखेंगे	24
पुरुषोत्तम	26
कम्पन-3	27
मसजिद-मन्दिर	28
चाह	29
कम्पन-4	30
इसराफिल को बुखार है	31
सतीत्व	32
धुआँ	33
जलपर्व	34
नींद उड़ानेवाली	35
मज़ार	40
समारोह	41

धोखा	42
उद्यान-सुन्दरी	43
ज़रा ठहरो	46
अकल्याण	47
चाबुक	49
विसर्जन	50
घर चलोगे सुरंजन ?	52
कम्पन-5	54
खलिहान	55
निर्भय	56
बाँसुरी	57
पुरुषों की दान-दक्षिणा	58
कम्पन-6	59
दुःसह दुःख	60
ग़लतफ़हमी	61
विष और विषाद में बीतता है पूरा दिन	62
दुखियारी लड़की	64
ऐसी कोई कसम नहीं दी	66
कम्पन-7	67
7 मार्च, 1971	68
बादल और चाँद की आँख-मिचौली	69
पिता, पति, पुत्र	71
इतना अहंकार भला क्यों ?	72
कम्पन-8	74
धूसर शहर	75
मृत्युदण्ड	78
मनुष्य यह शब्द मुझे बहुत उद्वेलित करता है	80
पराधीनता	82
कम्पन-9	84
छोड़ गये हो मुझे, देखती हूँ, एक क़दम भी आगे नहीं बढ़े	85
हाथ	86
नूरजहाँ	67
अस्वीकार	88
धर्मवाद	89

प्ले ब्वॉय	91
कम्पन-10	92
ग़रीबी	93
प्यार की कोई उम्र नहीं	95
प्रिय कलकत्ता	96
अगर तुम आओ	100
अंतर	101
जाऊँगी, अवश्य जाऊँगी	102
जो पति प्रेमी नहीं, उसे···	104
कम्पन-11	105
अवगाहन	106
यात्रा	107
बीबी आयशा	108
प्यार में जी नहीं रमता आजकल	109
तोप दागना	110
दीर्घ पथ पर जाऊँगी	111
कीड़े-मकौड़ों की कहानी	112
अनुचरी	114
प्रेरित नारी	115
बहुगमन	116
निर्बोधों का देश	117
प्रश्न	118
1500 बंगाब्द	119
कवि निर्मलेन्दु गुण	122
पानी में तिरना	124
चाहत	125
बहुत देखा है	127
समझौता	128
साथी	129
लड़कीपन	130
जीवन कभी बाएँ हाथ में, कभी दाएँ में	133
टापू	135
ईशनिन्दा-क़ानून	137
इस घर से उस घर	139
पिता को पत्र	141

कहानी

निहायत सीधे-सादे दीख पड़नेवाले एक लड़के ने
एक दिन मुझसे कहा—मैं बहुत दुखी हूँ
उसके घने बालों को उँगलियों से सहलाते हुए
मैंने कहा—मैदान में बरस रही है सफ़ेद चाँदनी
चलो भीगें
बादलों से घिरी भोर में
किसी अरण्य की सैर को चलें
शीतलक्षा में उलटी देह तैरें।

लड़के ने कहा—मुझे भूख बहुत लगती है आजकल
मैंने उसे खाने को दिया सरसों में पका हिल्सा
कज़री मछली का कोफ्ता, झींगा की मलाईकरी
और फिर साबुत मुर्गा रोस्ट
खाना खाने के बाद बढ़ाया—तबक लगा पान।

खाना खत्म हुआ, रात में हम भीगते भी रहे चाँदनी में
सुबह अरण्य को भी किया गया पार, लड़का भी हुआ खुश
भरा पेट और मन लेकर दोपहर को
उसने कहा—अच्छा तो अब मैं चलूँ।

फिर एक दिन अचानक मैंने देखा
पड़ोस की किसी दूसरी लड़की को वह
अपने दुःख और भूख के बारे में बता रहा है
और वह किशोरी उसे पास बैठाकर खिला रही है खाना।

बेझिझक

एक नदी अपनी धारा रोककर
इन्तज़ार में है खड़ी,
मैं उसमें तैरूँगी
जबकि मैं ठीक से तैरना नहीं जानती।

साठ साल के युवक !
अगर प्यार करना चाहो तो करो
प्यार में मैं
कोई उम्र नहीं मानती।

चिथड़ा-चिथड़ा ये मन

दरवाज़ा खिड़की खोलकर, दूर खड़ी
देखती हूँ तुम अन्दर आते हो या नहीं
क्या देखते हो टोह-टोहकर
कि प्यार कहीं है भी या नहीं
अगर मिल जाये
तो किस कौशल से लेते हो थाम।

लगता है मैं कोई अपाहिज अनाथ भिखमंगी हूँ
सारी सम्भावनाओं पर जम जाती है धूल
बहुत बुलाने पर भी तुम नहीं ठहरते
घूमते फिरते हो हर हाट-बाज़ार में,
सिर्फ मेरे आँगन में नहीं आते।

मुझे तुम छोड़ गये अँधेरे में अकेला
इसके बाद बढ़ती चली गयी तेज़ी से तनहाई
तुमने नहीं देखा एक बार-भी मुड़कर पीछे
कि कैसे स्वप्न के धागों को तोड़कर
मैं समेट लेती हूँ अपनी लटाई।

खंडित बांग्लादेश

देश था एक सुजलां सुफलां
लोग झूमते थे सुनहली धान की बालियों जैसे हवा में
और उसी तरह लहराते थे पीठे और पकवानों के दिनों में
एक देश था जहाँ शरद के बादल आकाश पर छाते ही
लग जाता था सुखों का मेला, माटी की सोंधी महक
ज़मीन में रच-बस जाती थी।

देश था एक आम-कटहलों का
बारिश की फुहार में भीगकर, रह-रहकर कँप उठने का
धुंध छँटी धूप में बैठकर देह सेंक लेने का
एक देश था मेरा, उसका, हमारे पुरखों का।

अचानक, पता नहीं वे कौन थे
जो प्यार से भरे इस देश को
दो हिस्सों में बाँट गये, साथ ही
जिन्होंने इस देश के लोगों के
लौकी के पोर जैसे लहकते सपनों को नोंच लिया
झकझोरकर उखाड़ फेंका जड़ से–
छितरा गये सब न जाने कहाँ ?
कौन बचा कौन मरा इसका कोई हिसाब नहीं
विक्रमपुर से चलकर कोई गड़ियाघाट के मोड़ पर पहुँचा
और वर्धमान से कोई फूलतलि गाँव में

तो कोई जसोर से हावड़ा,
नेत्रकोना से रानाघाट, मुर्शिदाबाद से मैमनसिंह
हरी-भरी फूल की बगिया में अरना भैंसे के घुसने पर
होता है जैसा
ठीक वैसा ही हुआ।

देश के दोनों हिस्से एक दूसरे की तरफ़
बढ़ाये हुए हैं अपने प्यासे हाथ
और इन हाथों के बीच पड़ी है
मनुष्य द्वारा रची धर्म की बेड़ी
और काँटेदार दीवार।

कत्थई किताब

सुबह-सुबह एक कप अदरखवाली चाय के बिना
मेरा दिन अच्छा नहीं बीतता
ऑपरेशन थियेटर में दो-चार अधमरे रोगियों को
नाप-नापकर देती हूँ दवा
ऑक्सीज़न, नाइट्रास, ऑक्साइड, हालोथेन
पेथिड्रिन दूँ कि नहीं यह सोचते हुए
बार-बार टटोल लेती हूँ मरीज़ की नब्ज़, रक्तचाप
बाएँ हाथ की नस में सेलाइन चढ़ा देती हूँ
ज़रूरत पड़ी तो दाहिने हाथ में खून की बोतलें
ऐसे ही कट जाती है सारी दोपहर।

शाम को शहर का एक चक्कर लगाये बिना
मन उदास रहता है
उसके बाद गाना सुनना, अड्डेबाज़ी या फिर
अकेले कमरे में लिखना-पढ़ना आधी रात तक।

जब थकी हुई देह फैला देती हूँ बिस्तर पर
तब मन करता है कोई हाथ बढ़े
थाम ले मेरा चेहरा
कोई होंठ चूम ले मेरे होठों को
एक गहरे चुम्बन के बिना नहीं कट पाती
अच्छी तरह मेरी रात।

गौरी नहीं रही

कितनी दूर है कलकत्ता से गौरीपुर ?
सियालदा स्टेशन से शंभुगंज ब्रिज है कितनी दूर ?

है कितनी दूर
राधा पुकुर ?
कासवन में झुकी हुई नंगी दुपहरी ?
ब्रह्मपुत्र से आनेवाली भटियाली का सुर
है कितनी दूर ?

गौरीपुर में घर था, आँगन था
चरवाहों के चरागाह थे
पक्का घाट था, बाज़ार था
और गौरीपुर में गौरी थी।

क्या वह अब भी है अपनी गुड़ियों के साथ ?
क्या वह अब भी खेलती है एक्कर-दोक्कर
घुटनों तक धूल में लिपटी ईंट, कंकर-गोटी
क्या वह अब भी पकाती है छीमी, मूली
झूठमूठ की अँगीठी में ?

किसी ने उस दिन बताया, गौरी नहीं रही
घर से निकलते ही पता नहीं कौन उसे उठा ले गये

फिर उसकी नंगी देह फेंक गये बाँसखालीवाली नहर में
उसके गाल पर था एक बड़ा-सा ज़ख़्म।

अब जबकि गौरी नहीं रही
तो फिर हवा ही नहीं रही पाल में
अब मैं नदी में आये ज्वार के बावजूद
किस ठिकाने तैरती रहूँ—
चाहकर भी प्यार में।

कम्पन-1

तीस पार कर चुकी
यह देह काँप रही है मेरी
युवक, क्या म्यान में
धरी है तलवार तुम्हारी ?

फूस की लड़की

नदी की तरह हो तुम
मिलती हो समन्दर से और नहर से भी
जागती हो और सोती भी
कभी कलकल करती गूँज तो कभी हाहाकार

नदी की तरह हो तुम
किसी भी मोड़ पर बड़े आराम से
गुजरती हुई दीख पड़ती हो
जो भी आ खड़ा होता है तुम्हारे किनारे
सुख या दुःख कुछ न कुछ दे जाती हो।

मैं हूँ तुम्हारे जल में पड़ी
घास-फूस की एक लड़की
डूब रही हूँ, तैर रही हूँ
बहती जा रही हूँ धार में
नदी की तरह हो तुम
सिर्फ ढकेलती जा रही हो अनजान दिशा में
और दे नहीं रही दो टुक
पाँव रखने को ज़मीन।

झुकाव

चाहे जितना भी समेट लो
देह मेरी पहुँच से
आँगन तक आकर लौट जाओ उलटे पाँव
अनसुनी कर टालने की कोशिश करो
प्यार में डूबी बातें...

बढ़ता ही बढ़ता है
तुम्हारी तरफ मेरा झुकाव।

लज्जा, 7 दिसम्बर, '92

तय था कि सुबह सतीपद दास मेरे घर आकर
चाय-वाय पियेगा, शतरंज खेलेगा
जमकर अड्डेबाज़ी होगी
सतीपद रोज़ आता है लेकिन आज नहीं आया
ख़बर मिली कि कुछ टोपी पहने हुए लोग
उसके घर में घुसे और पेट्रोल छिड़क दिया–
मेज़, कुर्सी, बिस्तर, आलमारी, बर्तन
कपड़े और किताबों पर
फिर कुछ माचिस की जलती हुई तीलियाँ फेंकीं
पेट्रोल छिड़की जगहों पर
जब आग की लपटें लपलपा रही थीं
सतीपद देख रहा था आँगन में खड़ा खामोशी से
कि किस तरह काले धुएँ का बगूला
उसके ताँती बाज़ार से उठता हुआ
उदास आंसमान के एक टुकड़े पर छा गया है।

शाम को सतीपद के घर जाकर मैंने देखा
बाप-दादे की ज़मीन की राख के ढेर पर
सतीपद बैठा है अकेला
उसकी देह से बह रहा है खून
उसकी पीठ और सीने पर थे ज़ख्मों के नीले निशान
मैं उसे छू नहीं पायी शर्म से।

पानी में तैरना

मैंने ही कहा था तुम्हें
प्रेम के जल में तैरने के लिए
तुमने कहा था—क्या फ़ायदा ! जुकाम हो जायेगा,
वल्कि चखने दो अपनी कोमल देह का स्वाद।

कई-कई बरसों तक
स्वाद और गन्ध बाँटते हुए
खाती रही हूँ धोखा
डूब गया प्रेम के जल में तैरने का स्वप्न
नाव थी, पतवार थी, हवा भी थी
लेकिन मैं बदकिस्मत लड़की
किनारे पर बैठी, जीवन-भर
रेत में नाव खेती रही।

कम्पन-2

डिबरी जैसे कँप-कँप उठती है तूफान में
वैसे रही हूँ मैं काँप
चुपके से ले आओ प्रिय,
प्रेम की मीठी आँच।

बदनसीब

मैं हूँ सिमटी-सिकुड़ी हुई
माघ की रात की एक वस्त्रहीन लड़की
जिसकी देह पर कपड़े नहीं हैं
अपनी कोमल उँगलियों को
मोड़कर रखती हूँ हथेलियों में।

नाच उठी थी आँगन में कल, गीत-संगीत की धुन पर
उठा लिया था सिर पर आसमान।

जीवन बहता चला गया बेमतलब पानी की तरह
रह गया आँखों के सामने धूसर किनारा
और किनारे में नदी···

आतंकित और खामोश बैठी हूँ
अकेली अँधेरे कमरे में
बन्द मुट्ठी के खुलते ही
खो न जायें कहीं मेरे स्वप्न।

फिर देखेंगे

बुलाने पर भी जब नहीं आते
कठिन बीमारी में एक दिन पकड़ लूँगी बिस्तर।

ख़बर पाते ही जानती हूँ कागज़ों के जंगल में ढूँढ़ोगे
पासपोर्ट मिलते ही धूल झाड़कर जाओगे वीसा लेने
खरीदोगे टिकट
बीहड़ व्यस्तताओं को विशाल महानगर की हवा में
रुई की तरह उड़ाते हुए
उलझनों को हल्के हाथ ठेलते हुए
पहली फ्लाइट से ही उतरोगे यहाँ जानती हूँ
बिखरे-उखड़े शहर ढाका में।

देखोगे घर की सीढ़ियों पर बिछा हुआ लाल गलीचा
घर में घुसते ही पाओगे गंध पुराने बुखार और दवा की
अगर भरपूर साँस लोगे तो मिलेगी एक गंध
अनचीन्हे प्रेम की।

बीमारी हो कठिन
या कट जायें हाथ-पैर ट्रक के नीचे
जिगर में राइफल की गोली
गुर्दे खराब
लकवा, रक्त में कैंसर

सहन कर लूँगी कोई भी रोग अगर तुम आओ
पास बैठकर अगर प्यार से छुओ दुर्बल हाथों को
दूर हो जायेगा दुःसाध्य रोग
मन ही मन हो जाऊँगी स्वस्थ
उठूँगी, चल पड़ूँगी
देखूँगी खिड़की में छाया नीला आकाश।

इतने रोग में न पिघलता हो पत्थर
तो फिर मृत्यु ही आये
मृत्यु के बाद मुखाग्नि देने
आना ही होगा तुम्हें, खुली हुई दो आँखों को
काँपती उँगलियों से मूँदने
आग में जलाने—
क्या तुम रह सकते हो आये बगैर ?

पुरुषोत्तम

लालची लोगों की जीभ से टपक रही है लार
देख-देखकर औरत के नितम्ब
दबोच लेने की चाह जग रही है मन में
गुस्से से कुढ़ते हैं न मिलने पर।

मर्दों का हाथ सुरसुराता रहता है, काँपता है
दोनों हाथों से भींच लेना चाहता है औरतों के स्तन
सीने से झरता है तक़लीफ़ों का अमृत
चाह और लालसा की तपिश से पिघलकर।

क्या है औरत के नितम्बों, स्तनों और होठों में
मांस, ग्रन्थि और नलिकाओं के सिवा ?
यह सब चखने और दाँतों से काट खाने के लिए
मर्दों का झुंड औरत पाते ही कुरेदने लगता है।

कम्पन-3

ओ प्रेमी युवक, तुम्हारे हृदय की नदी में
जैसे ही आ गया प्यार का उतार
तीस पार कर चुकी उम्र से लगता है बहने
देह से पिघला पानी।

मसजिद-मन्दिर

धूल में मिल जाएँ धर्म के दरो-दीवार
अंधी आग में राख हो जाएँ मसजिद-मन्दिर
गुरुद्वारे और गिरजाघर की ईंटें
और उस ध्वंसस्तूप के ऊपर
सुगन्ध बिखेरती हुई कोई मनोहर
फूलों से लदी बगिया दीखे
समृद्ध हों बच्चों के विद्यालय और पुस्तकालय।

मानव-कल्याण के लिए अब प्रार्थनालय हों–
अस्पताल, अनाथालय, विद्यालय और विश्वविद्यालय
अब ये उपासना स्थल बनें–शिल्पकला-अकादेमी,
कलामन्दिर और विज्ञान-प्रयोगशाला
अब उपासनागृह हों भोर की किरणों में
मुस्कुराते सुनहले धान के खेत,
खुले उन्मुक्त मैदान, नदी और उफनता सागर।

धर्म का दूसरा नाम हो आज से मानवता।

चाह

किसी को दे दिया बेहिसाब
सबकुछ उँडेलकर
सोचा था वह भी कुछ तो देगा
पर कुछ न मिला
सन्नाटे के बीच पड़े रहना अकेला
और वह जल्दी ही भाग जाता है दूर
प्रेम में कोई अपेक्षा रखना ही ग़लत है।

रोशनी से भरे कमरे को खोक़र
तुम अँधेरे में जा बसे हो
जो चले जाते हैं हँसकर
वे कभी नहीं देखते पीछे मुड़कर
काफी झाड़-पोंछकर भी
हाथ नहीं आयी फूटी एक कौड़ी
तुम भूखे हो और तुम्हारी सारी दौलत
हड़प जाते हैं वे, जिन्हें तुमने किया है प्यार
खुद को निचोड़कर।

धोखा खाना ही पड़ेगा प्यार में
अगर मन के कोने में छिपाकर रखो कोई चाह
इतना ही करो कि प्यार में कुछ पाने की उम्मीद न करो।

कम्पन-4

प्रेम की चाह में कँप उठती है
तीस पार कर चुकी यह देह
ख़बरदार जो आगे बढ़े !
नींद में ऊँघनेवाले ढोंगी को
मैं बिस्तर नहीं दूँगी।

इसराफिल को बुखार है

ज़िबराईल को है खाँसी, इसराफिल को बुखार
हूर की दावत पर गये हैं नाकिर और मुनकिर
अल्लाहताला बजा रहे हैं ताली
और फरिश्ते हैं गायब।

नरसिंगे में लगा है जंग, कारीगर आकर
नट-बोल्ट खोलकर
उँडेल दे रहे हैं सोयाबीन के ड्रम
भूख के मारे सो गया जहन्नुम का साँप।

अल्लाह बुला रहे हैं लेकिन फरिश्ते नदारद
वे जहाँ जी करे घूमते रहते हैं सातों आसमानों में
इसराफिल बीमार है
अब कौन फूँकेगा नरसिंगा ?
नरसिंगा फूँकने को खड़े हो गये हैं
अब इन्सान और जिन
अकेले पुलसरात में बैठकर रो रहा है
आखिरी इन्साफ करनेवाला
और आख़िरात की तराजू का पलड़ा
टूटकर गिर जाता है।

सतीत्व

काया कोई छुए तो हो जाऊँगी नष्ट
हृदय छूने पर नहीं ?
हृदय देह में बसा रहता है निरन्तर।

काया के सोपान को पार किये बिना
जो अन्तर गेह में करता है प्रवेश
वह कोई और ही होगा
पर जानती हूँ
वो मनुष्य नहीं होगा।

धुआँ

सामने है एक मज़ार
धुएँ और गाँजे का
लगा है बाज़ार
तिर रही है गन्ध
खाँस रहे हैं लोग।

किसी अलौकिक
चाव के खिंचाव में
देह में लगी घुन
लालच की आग
बुझाने को है घूमता
सपने में बर्राता।

सामने गाँजे के धुएँ में
लिपटी है मज़ार–
जिसमें अल्लाहताला
राजा का दरबार
और वेश्या-बाज़ार
सब एकाकार।

जलपर्व

घड़े में है पानी
और ताल भी है पास
ले लेना तुम पानी
जगी हो जैसी प्यास
बुझ न जाये प्यास तो लेना कंश नदी भी।

जल समाप्त होने पर आना,
मेरे अन्दर घुमड़ रहा है
सागर एक अकेला।

नींद उड़ानेवाली

मैं ज़िन्दा हूँ
जीने की दुआ देती हूँ टायर जलाकर
फुटपाथ पर भात पकाती उस अधनंगी औरत को
पार्क की बेंच पर सज-धजकर बैठनेवाली
बाज़ारी औरत से भी कहती हूँ ज़िन्दा रहो
एयरकंडिशंड कमरे में ज़ेवरों से लदी-फँदी
दुखियारी औरत से भी कहती हूँ जिन्दा रहो
आधी रात को घर लौटनेवाले पाँच-पाँच शराबी मर्दों की
रखैल से भी कहती हूँ ज़िन्दा रहो।

औरत, तुम ज़िन्दा रहो, बची रहो।

उनके बारे में कभी मत सोचो, वे मनुष्य नहीं, पुरुष हैं
वे तुम्हारी चाय में चुपके से ज़हर घोल देंगे
वे अमावस की रात में तुम्हारे गले में फन्दा डालकर
लटका देंगे आम के पेड़ या पंखे से
वे सामूहिक बलात्कार करेंगे तुम्हारे साथ
वे काचपुर ब्रिज के पास तुम्हारे सीने में
छुरा घोंप देंगे
वे तुम्हें धकेल देंगे रेल की पटरियों पर
वे धारदार ब्लेड से काट देंगे तुम्हारे गले की नस
वे तुम्हारी देह पर मिट्टी का तेल डालकर फूँक डालेंगे तुम्हें
वे मनुष्य नहीं, पुरुष हैं।

जेरुसलम्, हिमालय और हेरा की पहाड़ियों पर बैठकर
उन्होंने रचा था धर्मों को
और घोषित किया कि ये धर्म पवित्र हैं
और उसी पवित्रता की दुहाई देकर
वे तुम्हें दलदल में झोंक रहे हैं
वे तुम्हें रखते हैं अपने पैरों तले
वे भेजते हैं रसोईघर में, और सज-धजकर
हमबिस्तर हो जाने को करते हैं मजबूर
जब मर्जी होती है ढकेल देते हैं तुम्हें बिस्तर से
वे तुम्हें ढँक देते हैं और ज़रूरत पड़ने पर
उतार लेते हैं सारे कपड़े
वे तुम्हें पैरों से कुचलते हैं और फिर बाहर निकाल फेंकते हैं,
वे मनुष्य नहीं, पुरुष हैं।

औरत, तुम उठो और जिओ
अपने फेफड़ों में भर लो ताज़ी हवा
यह आसमान और इसके सारे सितारे तुम्हारे हैं
यह झाऊवन, नदी, कासवन और अरण्य सब तुम्हारे हैं
ये बादल, पानी-हवा सब हैं तुम्हारे लिए
मिट्टी, घास, फूल, पंछी और यह समुद्र है तुम्हारा
वे तुम्हारे कोई नहीं लगते, वे पुरुष हैं
वे तुम्हें निगल जायेंगे, वे तुम्हारे टुकड़े-टुकड़े कर डालेंगे
वे मिटा ही देंगे तुम्हारे अस्तित्व को, और सचमुच ऐसा ही करेंगे
क्योंकि वे मनुष्य नहीं, पुरुष हैं।

औरत, तुम औंधे मुँह पड़ी हो
तुम्हारी सारी देह पर हैं मर्दाना दाँतों के निशान
तुम्हे सूँघते हुए एक कुत्ता भी दर्द से चिहुँक उठेगा
तुम्हारी हालत देखकर कौवे और गिद्ध भी
छुपा लेंगे अपने पंजे

और ऐसी हालत में अगर फिर कोई तुम पर हमला करे
तो वह कोई सुअर या काला नाग नहीं, पुरुष ही होगा
औरत, तुम उठो, तनकर खड़ी हो जाओ एक बार
तुम बढ़ चलो, ये रास्ते बने हैं तुम्हारे लिए
ये खेत हैं तुम्हारे, पगडंडियाँ हैं तुम्हारी
उस दिगन्त तक, जहाँ भी तुम्हारी नज़र जा सकती है
वह सब तुम्हारा है।

सचमुच अगर तुम औरत हो
तो मौत का अतिक्रमण करो और जी उठो
वे लोग तुम्हें सती होने का उपदेश देंगे
चिता पर चढ़ा देंगे
वे तुम्हें नारी होने का अर्थ समझायेंगे
वे तुम्हारे लिए मातृत्व की महिमा बघारेंगे
यह सब ग़लत सीख है, पाप है
इन फन्दों में एक बार फँसने पर
वे तुम्हें चूमेंगे, अपने आलिंगन में भींचकर नाचेंगे
वे तुम्हें दीवारों में चुनवा देंगे
वे तुम्हें सोने की जंज़ीर से जकड़ देंगे
पालतू तोते को पिंजड़े में बन्द कर जैसे दाना चुगाया जाता है
वैसे ही तुम्हें खाने को देंगे वे।

अगर इन्सान बनना चाहती हो
तो जंज़ीर तोड़ दो और तनकर खड़ी हो जाओ एक बार
अपने दोनों हाथों से तोड़ दो जंज़ीर
ये हाथ तुम्हारे हैं
दौड़ो कि ये पैर तुम्हारे हैं
दोनों आँखों से जीवन को देखो, ये आँखें तुम्हारी हैं
तुम जी भरकर हँसो
ये होंठ, आँखें, गर्दन, सब तुम्हारे हैं

सर से पाँव तक सिर्फ़ तुम ही तुम हो
तुम अपनी हो।

देखो, वे आ रहे हैं तुम्हे नोच खाने के लिए
वे तुम्हें चखने आ रहे हैं, फाड़कर खाने के लिए
वे हैं मौत का दूसरा नाम
घिनौनेपन का दूसरा रूप हैं
वे तुम्हें लील जाना चाहते हैं
वे तुम्हें चाटने, चूसने और पीसने आ रहे हैं
वे पुरुष हैं, मनुष्य नहीं।

औरत, तुम पूरी तरह चौकस रहना
तुम्हारी तरफ़ पुरुष आते ही होंगे
अपने अदम्य काम और क्रोध के साथ
आमतौर पर,अपना अधिकार जताने के लिए
लेकिन यह दुनिया तुम्हारी है
यहाँ अपनी मर्ज़ी से रहो
अगर यह दुनिया एक नदी है तो तुम
पूरी तरह इस नदी में खूब तैरो
अगर यह दुनिया आसमान है
तो तुम इस समूचे आसमान में उड़ो
अगर यह ज़िन्दगी तुम्हारी है
जो कि है ही तुम्हारी
तो तुम इसे जैसे मर्ज़ी वैसे भोगो
और अपनी ज़िम्मेदारी सँभालो।

मैंने देखी है मौत, पाप और पंक भी
मैं नहीं चाहती कोई और स्त्री
बिखर जाये सौ टुकड़ों में
उसे फाँदना न पड़ें इतने कँटीले तार

और सिर्फ अपनी मंज़िल तक पहुँचने के लिए
किसी औरत को लाँघना न पड़े यह गहन अरण्य
उसके पीछे न पड़ जाये कोई अरना भैंसा
न निकलना पड़े उसे किसी पुरुष की गुफा से
लहूलुहान।

खाली पेट और दाने को मुहताज औरतों से
कहती हूँ—ज़िन्दा रहो
खून की कमी से कमज़ोर है जो औरत
उससे कहती हूँ—ज़िन्दा रहो
जो बाँझ है और जो प्रसव की पीड़ा झेल रही है
मैं उन तमाम औरतों से कहती हूँ—ज़िन्दा रहो
जी-जान से और बड़ी शान से तुम ज़िन्दा रहो औरत !
न जाने कितनी तकलीफ़ें झेलकर
मैं उठ खड़ी हुई हूँ
औरत, तुम थाम लो सुन्दरता का हाथ
और एक सपने का।

मज़ार

लाल शालुक ने ढँक रखा है
दीमक के ढूह को
कुछ जटाधारी फंदेबाज़
और घाघ कारोबारी
घेरे रहते हैं ढूह को,
वे कहते हैं यहाँ सोये हुए हैं
एक बड़े पीर औलिया
मोमबत्ती जलाकर
ठूँठ नीम पर सपनों के धागे बाँधकर
ढेर सारे रुपए लुटानेवाले लोग चाहते हैं
सातवें आसमान से बरस पड़े
उन पर सुख-चैन।

वे तमाम रुपए
जटाधारियों के गाँजे के
धुएँ में उड़ते हैं
और ढूह में हँसती है
हमारी बुजुर्ग और बुढ़िया दीमक।

समारोह

चाहिए उनका साथ
देह में है प्यार का समारोह
रजनीगन्धा की महक आती है
जिसके छूने से मेरी देह।

धोखा

भूत के पाँच पैर
दे रहे हैं धोखा
मुखौटा उखाड़ते ही
धूल और कीचड़ में
औंधे गिरता है इन्सान।

घर की कब्र
चूल्हे की ख़बर
नोंचते ही ज्यों
निकल आया
हड्डियों का ढाँचा
मर रहा है इन्सान।

अल्लाह और
नदी-नालों के
बीच में ही
फेंककर जाल
खोकर धागे का सिरा
मछली के पेट में
गद्य और पद्य में
नया जीवन
रच रहा है इन्सान।

उद्यान-सुन्दरी

आदम थे एक सीधे-सादे आदमी, सैर करते हैं बाग़ में
वे बाग़ की तितलियाँ, फूल, हरे पत्तों के साथ आँख-मिचौली
खेलते हैं, कितने ही अवसर हैं उन्हें,
उनकी पसली को काटकर, एक मनुष्य जैसा
रूप दिया गया है, नाम है उसका हव्वा
छेड़छाड़, जलक्रीड़ा, सिंगार और सम्भोग के लिए
नियत थी हव्वा
पसली की टूटी हुई हड्डियों से जन्मे जीव का
कोई शौक़-फ़रमाइश नहीं, ख्वाब वगैरा रहना भी उचित नहीं
इसलिए हव्वा अकेले तोड़ती है जंगली फूल
दाँतों तले दबाती है
उदास दिन बिताती है चिड़ियों के साथ बातें करके
पैदल चलकर, सोकर, बैठकर
खाना-पकाना नहीं है, गिरस्ती का कोई झंझट नहीं
आँचल में चाभी का गुच्छा नहीं
धूल उड़ता आँगन नहीं जहाँ झाड़ू लगानी पड़े
धूप में फैलाये कपड़े भी नहीं हैं जिन्हें आकाश में
छा रहे बादल के दिखते ही समेटना होगा
हव्वा पैदल चलती है।

एक दिन पीपल की छाया में हव्वा आँखें मूँदे बैठी है
खाली पेट में चूहे कबड्डी खेल रहे हैं

पास कोई परिन्दा तक नहीं
नदी को सामने पाकर आदम शायद
उसमें तैरने को उतर पड़ा है
अचानक उसे उसे दिखा एक पका फल
हवा में लहरा रहा है, लगभग उसकी जीभ के सामने
भूख-प्यास से
हव्वा की आँखों के सामने था तब सिर्फ अँधेरा
उलझे बाल
फल तोड़कर हव्वा अचानक उसे खाने लगी
बहुत ही रस था फल में, बेहद स्वादिष्ट
स्नान के बाद आदम भी भूखे और थके थे
हव्वा ने बढ़ाया अपना अधखाया जूठा फल
इव्वा के इकहरे और अपुष्ट शरीर को
पास खींचकर किया मन्थन, और
रस भरे फल में गड़ा दिये अपने तेज़ नुकीले दाँत।

अचानक महाप्रभु सामने खड़े हो जाते हैं
हाथ में छड़ी लिये उसी बग़ीचे में,
जबरदस्त गुस्से में हैं वे
क्यों खाया इसको, इसे खाना मना था न ?
किस बात की मनाही ?
दाँत पीसते और हाथों से जूड़ा बाँधकर
कमर में पल्लू खोंसते हुए हव्वा बोली–
"मैं नहीं मानती कोई निषेध
आठ-दस परिन्दे
एक बाग़
पैरों तले बहती नदी
और सौ निषेधों की
जंज़ीर मेरा दम घोंट देती है।"

झुकी हुई डाल से
तेज़ी से हाथ हटाकर
हव्वा वर्ण, गंध, रसपूर्ण फल
और जब जो जी में आयेगा करने की
बिना शर्त स्वाधीनता
थोड़ा-थोड़ा करके उसकी मुट्ठी में
जमा होती जाती है।

ज़रा ठहरो

इतनी जल्दी चूमना चाहते हो
मैं कोई अन्धी, बहरी तो नहीं
फिर क्यों ऐसा सोचते हो कि
पास बुलाते ही होंठ बढ़ा दूँगी
सब कुछ भूलकर यूँ ही।

मर्दों के बिगड़े मिजाज़ के जाल में फँसकर
औरतें जलती हैं गहरे शोक में
नहीं, चुम्बन नहीं अभी, चलो पहले जाँच लें
कहीं खून में 'एड्स' का 'वाइरस' तो नहीं।

अकल्याण

कल्याणी को उठा ले गये पता नहीं कौन लोग।

कमरे में पड़ी है फटी हुई साड़ी
बिखरा हुआ है बिस्तर, तकिया
टूटी हुई चूड़ियाँ
फर्श पर खून के धब्बे, कई जोड़े जूतों के दाग़
सिगरेट के बुझे टोंटे।

शायद कल्याणी इसके बाद पड़ी रहेगी
अँधियारे जंगल में अकेली
उसकी फूली हुई नंगी देह को सूँघेंगे जंगली कुत्ते
झुण्ड बाँधकर आएँगे गिद्ध नोंच-नोंचकर मांस खाने
कल्याणी को देखकर लोग मुँह में रूमाल दबाकर
करेंगे—आहा रे,
कहेंगे—बहुत ही अच्छी लड़की थी
सात थप्पड़ खाकर भी मुँह से चूँ तक नहीं
निकालती थी, बेहद शर्मिली।

और अगर अपने ज़ख्म, बहते हुए खून,
नोंचा-खसोटा शरीर लेकर वह
दरवाज़े पर खड़ी हो जाये तो क्या उसकी शोकातुर माँ
स्नेह, और सेवा-भाव से स्पर्श करेगी

अपनी लड़की की मर्दों से नुची देह का ?
या फिर उसके सगे-सम्बन्धी, प्रिय पड़ोसी
या परिचित कोई भी ?

या फिर आँखों की पुतलियों को कौतुक से नचाकर
कोई मुस्करायेगा और कोई कहेगा–
यह लड़की बड़ी शैतान थी, बड़ी बेहया
इसके सीने से जब-तब आँचल हट जाता था
पुरुषों के सामने भी इस कदर ठहाके लगाती थी
और तो किसी के साथ ऐसा नहीं हुआ
सिर्फ इसके साथ ही यह हादसा क्यों हुआ ?
यह लड़की सचमुच ही बदचलन थी।

अब कल्याणी बदनाम है
और जो लोग उसे दबोच ले गये थे
वही सुयोग्य संतान आज इस
अपाहिज देश की दौलत है।

चाबुक

तुम्हारी लगाम खींचकर पुरुष चाबुक मार रहे हैं पीठ पर
औरत, क्या तुम निस्पंद हो ? बुद्धिहीन, गूँगी ?
एक अद्भुत बकरी ?
या फिर मछली जैसी, बिना रीढ़ की कोई चीज़ ?

तुम्हारी ओर देखने पर
करुणा के बदले आता है क्रोध
अगर दो हाथ हैं तुम्हारे पास, क्यों नहीं
छीन लेती अपने हाथों में अब भी चाबुक
तुम भी तो मनुष्य हो औरत !
युक्ति-बुद्धि-काम-क्रोधयुक्त सम्पूर्ण मनुष्य !

विसर्जन

चलो, चलें उस नदी के किनारे।

यह बात मैं उससे कहती हूँ वह भी
कन्धा झटककर, आँखों में स्नेह भरकर
कहता है–चलो,
क्या सचमुच तुम्हें अच्छी लगती है नदी ?
मैं कहती हूँ–हाँ बहुत,
बहुत कुछ दूर बचपन-जैसी होती है नदी
दीख रहा है किनारा लेकिन हाथ बढ़ाने पर
मैं उसे छू नहीं सकती, सिर्फ लम्बी आहें भरती हूँ।

चलता है वह मेरे साथ-साथ। कहता है–
–आसमान का चाँद भी शायद अच्छा लगता है ?
–मैं कहती हूँ–हाँ बहुत।
–और हेमन्त की हवा ?
–वह भी।
–अच्छा, पूर्णिमा में एकाकी अरण्य में
अनचीन्हे फूलों की महक, जहाँ सिर्फ तुम ही हो
क्या ज़रा-सा भी डर नहीं लगता ?

मेरा तन और मन एक अजीब रोमांच से भर उठता है
मैं कहती हूँ–भला डर किस बात का ? भूत से ?

—नहीं, मुझ से ! कहकर हँसते-हँसते वह मेरी
गर्म हथेली का स्पर्श करता है।

तब तक नदी आ गयी है क़दमों के बहुत पास
मैं डूबी हुई हूँ उसकी छुअन और खुशबू में
अचानक उसने मुझे तेज़ धार की तरफ़ धकेल दिया
क्षोभ और क्षुधा से मुझे लील जाने को तत्पर
जलधार में मैं डूबते-डूबते फिर-तिर रही हूँ,
वह खड़ा हँस रहा है किनारे पर।

मैं तैरना नहीं जानती
यह बात उससे ज़्यादा भला और कौन जानता था ?
उसे प्यार करती हूँ
इतना ही मेरा पाप या पुण्य
इतना ही हो सुख
या फिर इससे जुड़ा दुःख।

घर चलोगे सुरंजन ?

क्या तुम्हारा धोबाउड़ा अब भी पहले जैसा ही गाँव है ?
वहाँ जो एक पौध रोपी गयी थी
नीलाद्रि परिवार के बागान से लगे मैदान में
वह पौध अब
शाखाओं का विस्तार करते-करते
एक बहुत बड़ा पेड़ हो गयी है
धान की सुनहली बालियोंवाला वह गाँव
तुम लोगों का धोबाउड़ा
बँसबिट्टियों में भूत के डर से शाम होते ही सो जाता है,
अब भी वह मुँह-अँधेरे ओस की बूँदों-जैसा खेलता है
हरी पत्तियों और फूलों में।

घर पहले जैसा ही है, पेड़ों का आकार बढ़ गया है
सुपारी का बागान, आँगन में आम, जामुन, लीची
और कटहलों की कतार
चूने और सुर्खीवाली वह पुरानी धरन्
वही चौखट और कुंडी
काई जमा है मुँडेरों पर
और लिपे-पुते आँगन में
उग आई है दूब
तुम अपने घर, अपने बाप, दादा, परदादा के
घर चलोगे सुरंजन ?

झींगुर की आवाज़ आती है अब भी
अब भी झाड़ियों से अचानक
कौंध उठती है हिरनों की झलक
पहाड़ों से बहता है नीचे आषाढ़ का जल
डाल पर बैठा भींगता है कव्वा
भींगते हैं नंगे शरारती बच्चे
नदी में छलाँग लगाकर खेलते हैं
और पकड़ते हैं मछली ....
घर चलोगे सुरंजन ?

कम्पन-5

तीस पार कर चुके सूखे में यदि
आज तुम वर्षा होकर आओगे
तो निस्संकोच
एक गर्म-गुनगुनी शैया मुझसे पाओगे।

खलिहान

तुम थे मेरे प्यार का खलिहान
खाद और पानी की उर्वरता थी मेरी
जो बेझिझक उँड़ेल कर देती रही
होश नहीं था—कहाँ रुकूँ ?

अचानक देखा कहीं चले गये तुम
ढूँढ़कर देखा तो पाया—
मेरा हृदय चुराकर भाग गये हो तुम
पीछे रह गयी थी एक सीढ़ी
उतरने के लिए।

निर्भय

भला मुझे अब किस बात का भय
तुमने तो यह कहकर दिया है अभय
कि तुम मेरे हो।

तुम रहो या न रहो
चूँकि मैं बहरी और जन्मान्ध हूँ
मुझे यही लगेगा कि कोई पास है खड़ा।

मन ही मन अपनी हथेली
उसके कन्धे पर रखकर
मैं जा सकती हूँ कहीं भी बेझिझक।

जब प्यार से तुमने कह दिया
कि तुम हो मेरे साथ।

बाँसुरी

चरवाहे अब और बाँसुरी नहीं बजाते
वे हुक्का पीते हैं, खाँसते हैं
उनकी साँसनली में है घाव
मरियल गाय-भैंसों की आँसुओं भरी झुकी आँखों में है करुणा
सुनसान खेत और उदास आसमान को देखकर।

दोपहर बीतती है
पेड़ों की मायावी छाया धीरे-धीरे लम्बी होती है
चरवाहे भोगते हैं साँस की तकलीफ़
चिलचिलाती धूप में बैठे हाँफते हैं ताकते हैं
घासविहीन धूल-भरे मैदान की ओर
तैरती आती हैं लम्बी आहें, हू-हू करती हवा में
आती है कुत्ते के क़दमों की आहट।

मृत्यु की इतनी सारी ध्वनियाँ...
सिर्फ़ बाँसुरी की ध्वनि ही नहीं है
ध्वनियों-भरे इस आतंक के देश में।

पुरुषों की दान-दक्षिणा

स्वाधीनता क्या तुम्हारे खेत की फसल है
जिसे उपजाते हो तुम ?
तब क्यों मुझे यों मुट्ठी-भर देना चाहते हो !

बेवकूफ लड़के !
स्वाधीनता सिर्फ तुम्हारी चीज़ नहीं मेरी भी है
जन्म की पहली साँस से ही मैंने पायी थी जो ऑक्सीजन
उसका नाम स्वाधीनता है
हृदय का दरवाज़ा खोलकर अबाध बहती है रक्त की धार
हर रोमछिद्र में है स्वाधीनता का पसीना
जानता है मेरा स्नायुतंत्र
जितनी नग्न निमग्न कंगाल हूँ
उतनी झुकी हुई नहीं हूँ
मुट्ठी के भीतर रहती है किसी भी समय
फुफकार उठने की उद्धत स्वाधीनता।

कम्पन-6

प्यार की बाढ़ ने
खिलाया था एक फूल,
जन्म-जन्म के सभी दुःखों को
मैं गयी भूल।

दुःसह दुःख

कोई है, जो लेगा दो टुकड़ा दुःख ?
अब कंधे से उतारूँगी बोझ, लेगा कोई ?
नहीं लेना हो तो ठहरो
सुख का भी एक गुप्त बक्सा है, उसे ले लो
उसे तो लोगे ही जानती हूँ
तब भी अगर बोझ कुछ कम हो जाये
युगों का बोझ उतारूँगी अब
दुःख-सुख कुछ बाँटकर हो जाऊँगी
बोझ से मुक्त
ले लिया जिसे जितना सुख लेना था
हो गया ख़त्म।

दुस्सह दुःखों का बोझ बढ़ता जाता है दिनों-दिन
उसके कठोर कराल डैने मुझे लाँघकर
छूना चाहते हैं बादलों के पंख
इतने सारे लोग जो दिखते हैं
उम्र के बसन्त को घेरे रहते
कोई नहीं लेता दो बूँद दुःख
प्यार करते हँसते-हँसते।

ग़लतफ़हमी

मुझे पा लेने के लिए बार-बार बढ़ाते हो हाथ
और अगर आ जाती हूँ मैं
खुद को सौंपने
तब तुम समेट लेते हो
अपनी दस असहमत उँगलियाँ
तो भी मैं किसी अयोग्य के लिए
कभी नहीं उँड़ेलूँगी अपना अमृत
बुलाओगे अगर कभी इशारे से भी
तो नहीं मिलेगा उत्तर
बन जाऊँगी मैं एक अडिग चट्टान
तुम्हारे लिए तुम्हारा ईश्वर मूर्तिमान।

विष और विषाद में बीतता है पूरा दिन

दुनिया में ऐसा कोई मनुष्य है
जो बहुत दिन तक
बिना दुःख दिये रह सकता हो ?

जिसने भी कहा हो कि
सुख की नदी में बहायेगा नाव
जिसने भी पास आकर
सुनायी हो फूल के जन्म लेने की विस्तृत कथा
तितलियों के पंख का होता है जो रंग
उस रंग की.......

जिस मनुष्य ने भी
आसमान की शाख से चाँद तोड़कर
मेरे माथे पर सजाना चाहा हो
उसके अधीर होने पर
अगर न बढ़ाऊँ हाथ उसके हाथों
की तरफ क्रमशः
या अगर बढ़ाऊँ तो वह छूता है
मंथन करता है मांस और चर्बी का
नसों को करता वश में।

जो सबसे अधिक करता है
प्यार शब्द का उच्चारण

हर दिन एक नये घाट में
अपने दिल की नाव लगाने जाता है......
व्यापारी प्रेमी महँगी दरों में
फेरी लगाकर बेचते हैं
प्यार के अंकुर।

दुनिया में दरअसल
कोई ऐसा मनुष्य नहीं
जो लम्बे समय तक रहे
दुःख दिये बगैर।

दुखियारी लड़की

क्या यह बात डंके की चोट कहनी होगी
कि मैं सुखी हूँ ?
सुखी होने पर जताती हैं पुतलियाँ
बोलते हैं होंठ
हवा में तैरती फूलों की सुगन्ध कहती है
जो सुखी नहीं हैं
क्या उन्हें भी डंका पीटकर कहना पड़ेगा
कि वे सुखी नहीं हैं ?

सुख तो ऐसी कोई चीज़ नहीं
जिसके बिना इन्सान जी न सके
न होने से काई जमती है देह पर
फेफड़ों में हो जाता है नासूर
हाथ-पैर बेकार हो जाते हैं
सड़ जाता है हृदय
और आँखें हो जाती हैं अन्धी !

साल में एक-आध बार भी कभी
सुख मेरे इर्द-गिर्द नहीं फटकता
तो क्या मैं ज़िन्दा नहीं हूँ ?

जिस लड़की के तन पर कपड़ा नहीं
सिमट कर लेटी रहती है रेल की पटरियों के किनारे
दो-दो दिनों की भूखी

उस लड़की को भात, कपड़े और एक
रहने लायक घर देने के लिए
मैं जो पैदल चल रही हूँ
दौड़ रही हूँ......
क्या इसे जीना नहीं कहते ?

कभी-कभी किसी का सलूक देखकर
मैं ज़ोर-ज़ोर से हँस पड़ती हूँ
वे दूसरों के मुँह का कौर छीनकर
संगमर्मरी फर्श के घरों में बैठकर
अकेले भकोस रहे हैं
अच्छा खाने के लिए ही ज़िन्दा रहते हैं–
मरने के बाद भी खा सकें इसलिए
फ़र्श पर सिर ठोंकते हैं पाँचों वक़्त।

सुख नहीं मिला यह बात मैं
ढोल पीटकर नहीं कहती
इसका भी ढोल नहीं पीटती
कि मैं बहुत अकेली हूँ...
मेरा तो सिर्फ आसमान ही है अपना
सिर्फ एक आसमान-भर दुःख है नितान्त मेरा।

ऐसी कोई कसम नहीं दी

प्यार करते हो यह बात तुम इतनी बार कह चुके हो
कि कभी-कभी मैं ग़लती से
उस पर यक़ीन भी कर लेती हूँ
शायद तुम सचमुच मुझे करते हो प्यार।

यह मुझे समझना चाहिए था कि बार-बार
किसी के कुछ कहते रहने से ही
वह सच नहीं हो जाता
प्यार नहीं है कोई बच्चों का खेल
मुझसे कितना प्यार है
यह समझूँगी गहराई और त्याग में
कितना गहरा है तुम्हारा प्यार।

मैंने तो ऐसी कोई कसम नहीं दी
कि मुझे प्यार करना ही पड़ेगा
मत करो प्यार, हज़ारों लोग प्यार नहीं करते
तो क्या इस वज़ह से मैं मर गयी ?
प्यार न करना अच्छा है,
पर झूठ के जल में डुबोकर
मेरी साँस मत घोंट देना।

कम्पन-7

हृदय में बसने की इच्छा हो यदि
तभी देह-जल से रचूँगी
मैं एक नदी।

7 मार्च, 1971

एक तर्जनी उठी थी उस दिन
रेसकोर्स के मैदान में
उस तर्जनी के प्रति मैं नतमस्तक हूँ
एक गर्जना उठी थी उस दिन
रेसकोर्स के मैदान में
उस गर्जना के प्रति मैं सिर झुकाती हूँ।

अब भी मैं अपनी आँखों के सामने
एक विशाल मूर्ति देखती हूँ
वह मूर्ति लाखों लोगों के सामने खड़ी होकर
सपनों की बात करती है
चेतना की मिट्टी और नमी पाकर
वह स्वप्न बेंत की लतर की तरह
बढ़ता जाता है
अब भी एक तर्जनी मेरे सामने तनी है
अब भी एक गर्जना मेरे कानों में गूँज रही है—
मैं उत्तेजित हो उठती हूँ, स्वप्न सँजोती हूँ।

मैं आज़ादी अब भी हासिल नहीं कर पायी
पच्चीस मार्च की रात को जिन लोगों ने मेरी
माँ से बलात्कार किया था
वही आज मुझे घेरकर मेरी इज्ज़त लेने को आमादा हैं...
मुझे लड़नी है एक और लड़ाई।

बादल और चाँद की आँख-मिचौली

पूनम का चाँद देखूँगी आयी हूँ
लेकिन चाँद ने बादलों के घूँघट में
छुपा लिया है अपना चेहरा।

तीनमंज़िले जहाज़ पर खड़े होकर
भीग रही हूँ अकेली अन्धकार में
अबोध पद्मा का जल रह-रहकर
चूम लेता है जहाज़ का लौह शरीर।

कब हटेगा बादलों का घूँघट
और मैं देख पाऊँगी चाँद
—मन की नदी में
डूबती-उतराती हैं बेचैन हिल्सा मछलियाँ।

जलकुम्भी की तरह तैरती है
गहरी हरिताभ रात
तेज़ लहरों में डोलती रहती है अकेली नाव
नदी किनारे झोंपड़ियों में
रातजगा करनेवाली एकाध रोशनी
आँखों की पुतलियों की तरह
जागती रहती है।

रात ढलने के बाद
आखिरी पहर में बादलों को चीरकर
जाग उठता है चाँद
और जहाज़ के डेक पर खड़ी
मेरी उनींदी आँखें मुझसे
लिपट जाती हैं।

पिता, पति, पुत्र

अगर तुम्हारा जन्म नारी के रूप में हुआ है तो
बचपन में तुम पर
शासन करेंगे पिता
अगर तुम अपना बचपन बिता चुकी हो
नारी के रूप में
तो जवानी में तुम पर
राज करेगा पति
अगर जवानी की दहलीज़
पार कर चुकी होगी
तो बुढ़ापे में
रहोगी पुत्र के अधीन।

जीवन-भर तुम पर
राज कर रहे हैं ये पुरुष
अब तुम बनो मनुष्य
क्योंकि वह किसी की नहीं मानता अधीनता—
वह अपने जन्म से ही
करता है अर्जित स्वाधीनता।

इतना अहंकार भला क्यों ?

आखिर एक आदमी कितने दिनों तक
रहता है ज़िन्दा ?
यही कोई साठ-सत्तर-अस्सी-नब्बे-सौ साल तक
अगर एक कछुआ ज़िन्दा रहता है डेढ़ सौ साल
और एक गिद्ध ज़िन्दा रहता है चार सौ साल
तो फिर सोचो आदमी कितना अल्पजीवी है
कछुआ और गिद्ध जैसे तुच्छ जीवों के मुकाबले…

किसी भी दिन एक ट्रक उसे कुचल सकता है
उस पर किसी विषाणु का हमला हो सकता है
हृदय या मस्तिष्क की बीमारी
किसी भी दिन अपाहिज़ बनाकर
बिस्तर पर फेंक सकती है।

आदमी भला ज़िन्दा ही कितने दिन रहता है
अभी हँसा, खेला, सीटी बजायी, खरीदारी की
खाया, सोया, लड़के-लड़कियों की शादी की
उनके बाल-बच्चे हुए, और नाती-पोतों ने
'बुड्ढा-बुड्ढा' कहकर चिढ़ाया…
हारी-बीमारी में ऐसा कोई नहीं जो पास बैठे
खिड़की के उस पार—धूप और छाँव की
आँख-मिचौली देखते-देखते…
इस जीवन की बस इतनी ही सीमा है।

चुपके से जिन लोगों ने इकट्ठा की है दौलत
मकान बनाने को, भविष्य के लिए पैसा रखा
ताकि सुख से जिया जा सके
वह रुपए की थैली और
दोस्त-सगे सम्बन्धी पीछे छोड़कर
मनुष्य को छोड़ना पड़ता है घर-द्वार
छोड़ना ही पड़ता है खेत-खलिहान
ज़मीन-जायदाद
मनुष्य भला जीता ही है कितने दिन,
नब्बे, सौ या दो सौ ?
बचा रहता है सिर्फ़ सपने देखकर
सपने पूरे हों या न हों—मर जाता है
और जो मरता है ; उसे किसी भी वक़्त
स्वप्नाकाश से समेट लेनी पड़ती है पतंग
और अगर यह सब उसे पता है
तो फिर क्यों इतना अहंकार करता है मनुष्य
सौन्दर्य का, रूप और गुण का
धन-दौलत का ?

क्यों इस दो दिन की दुनिया में
एक-दूसरे के साथ हाथ मिलाकर
और हृदय जोड़कर बात नहीं करते लोग ?
गले नहीं मिलते आपस में ?
क्यों दीवारें बाँटती हैं खेतों को
क्यों आलीशान इमारतों के ठीक सामने
रास्तों के कुत्ते-जैसे बेघर लोग पड़े रहते हैं ?
इतना तुच्छ इतना सस्ता है ज़िन्दा रहना
लेकिन तुम गाल फुलाकर पुलक भाव से
छलक उठते हो, झलक पड़ते हो, दमक उठते हो
भला किस बात का है तुम्हें इतना अहंकार ?

कम्पन-8

तुम्हें अपने आँचल में
अच्छी तरह लिया है बाँध
फिर भी बिना तुम्हारे
रोती रही हूँ दिन-रात।

धूसर शहर

जब मैं छह साल की थी, माँ का आँचल थामे
बिलख उठी थी ढाका जाने के लिए
ढाका जाऊँगी''हाँ, ढाका जाऊँगी
ढाका कैसा है, ढाका हाथी है या घोड़ा
यह जाने बिना ही कि मैं ढाका जाऊँगी
उस बार तो ढाका के बदले मीठी गोली
से ही सन्तोष करना पड़ा।

पुलसरात को पार कर
बहिश्त में दाखिल होने की तरह
एक दिन ढाका पहुँची थी
तब मैं कितने बरस की थी—याद नहीं
कोयले का धुआँ छोड़ता और धीरे-धीरे
मीलों अँधेरे में डूबी बस्तियाँ पार कर
जब ट्रेन तेजगाँ स्टेशन पर आकर रुकी
तब वहाँ उतरकर मुझे लगा
क्या ढाका में पेड़-पौधे नहीं हैं
क्या यहाँ आदमी नहीं रहते ?

ढाका के बारे में अब भी
मेरी हैरानी दूर नहीं हो पायी है
कभी सुनती हूँ सियार की हुआँ-हुआँ

फिर पाती हूँ वहीं दसमंज़िली इमारत बन रही है...
ढाका कहाँ से शुरू होता है–
आरमेनियन गिर्जा से ?
एहसान मंज़िल से ?
लालबाग़ क़िले से ? या बूढ़ीगंगा से ?
ढाका ख़त्म कहाँ होता है–
उत्तरा में ? या श्यामली में ?
मैं ढाका का ओर और छोर
दोनों ही नहीं ढूँढ़ पाती हूँ।

कभी-कभी लगता है ढाका शाँखारी बाज़ार से
बाबू बाज़ार होता हुआ और आरमेनिंटोला से
गुज़रता बंगशाल में ख़त्म हुआ
लेकिन मुझे ऐसा भी लगता है
जैसे धानमंडी से फ़ौज़ी छावनी होकर
गुलशन बनानी की जलधारा में
दाख़िल हो गया है ढाका।

ढाका से जुड़ी कुछ लुभाती हुई घटनाएँ हैं–
क़कराईल मसजिद की तरफ़ जो मर्सीडिज़ गाड़ियाँ
दौड़ती हैं, उनकी तेज़ हेडलाइट
हमारी आँखों में चौंध पैदा करती है
ऐसा लगता है मानो शहर में
रोशनी की बाढ़ आयी है
ढाका जब खुद को एक महीने का उपवास करवाता है
तो बड़ी घिनौनी बू आती है
यहाँ के लोग दैत्यों की तरह शाम को
तरह-तरह के पकवानों पर टूट पड़ते हैं
ढाका की इन सड़कों पर कभी
रफ़ीक सलाम जब्बार चले थे,

चले थे शेख़ मुजीब और
चले थे नूर हसन नंगे पैर...
इन रास्तों पर अब अयूब-याह्या के
नाती-पोते दौड़ाते हैं जीप
गुलाम आज़म
आदमी की पीठ पर आदमी जैसा कुछ
जाता है शिकार पर।

पता नहीं कौन हैं वे लोग जिन्होंने ढाका को
बेवकूफ़ी के तिरपाल से ढँक दिया है।

ढाका की आँखों में वे बाँध रहे हैं पट्टी...
क्या अन्त तक ढाका अपनी शहीद मीनार
अपराजेय बांग्ला और खुद अपने हाथों
हासिल की गयी आज़ादी की रक्षा कर पायेगा ?
क्या ढाका अचानक बुलडोज़र से ढहाई गई
मीलों लम्बी बस्तियों के लोगों को
दो वक़्त का खाना दे पायेगा ?

मृत्युदंड

लो मैं खड़ी हो गयी तनकर
जाँच-परख लें कोई बीमारी है अगर
करवा दें अन्तिम स्नान
पूछ लें क्या है आख़िरी ख़्वाहिश।

आप लोग तो यही पूछेंगे न,
कि मैं क्या खाना चाहती हूँ
कतरनी चावल का भात ? झींगा मछली ?
कजरी मछली ? इमली का अचार ?
सरसों राँधा हिल्सा ?
किसे देखने की ललक है मन में
माँ-बाप को ? या भाई या दोस्त ?
या किसी नज़दीकी रिश्तेदार को ?

नहीं, मेरी ऐसी कोई ख़्वाहिश नहीं होगी
यह सब न चाहकर मैं कुछ ऐसी चीज़ चाहूँगी
जिसे सुनकर जानती हूँ आप सब चौंक पड़ेंगे
अगर माँगूँ एक सेक्युलर धरती, आप देंगे ?
या अगर माँगूँ कि टूट जाएँ खेतों की तमाम मेंड़
कँटीले तारों की सरहदें और एक देश से
दूसरे देश को बाँटनेवाली दीवारें ढह जायें
अगर मैं माँगूँ एक श्रेणीहीन, धर्मविहीन

स्त्री-पुरुष की बराबरीवाली एक खूबसूरत दुनिया
तो क्या आप इसे मेरी आँखों के सामने ला देंगे ?

अगर आप दे सकें
मैं हँसते-हँसते लटक जाऊँगी
फाँसी के फन्दे से
अगर दें तो मैं सिर झुकाकर स्वीकार लूँगी मृत्युदंड
वरना फाँसी की रस्सी तोड़कर मैं निकल भागूँगी और ज़िन्दा रहूँगी
ज़िन्दा रहकर मैं अपने सपने रोपूँगी
तीन हिस्सा पानी और एक हिस्सा ज़मीन में।

मनुष्य—यह शब्द मुझे बहुत उद्वेलित करता है

हाँ, यह शब्द मुझे बहुत उद्वेलित करता है
मैं ऐसे किसी अरण्य में नहीं रह सकती
जहाँ इन्सान न हो
ऐसे किसी एकान्त कमरे में जहाँ इन्सान न हो
बड़ा डर लगता है।

सेण्ट मार्टिन द्वीप में समुद्र से ज़्यादा
लोगों को देखकर खुश हुई थी।

कंचनजंघा के सूर्योदय से भी सुन्दर लगते हैं लोग
कश्मीर के आसमानों को चूमते हुए शिखरों
से भी सुन्दर हैं लोग
मैनहट्टन की ऊँची-ऊँची इमारतों से भी
ऊँचे हैं इंसान
नियाग्रा के जल-प्रपात से भी अच्छे लगते हैं
मनुष्य; जब उनके मन में प्रेम की धारा बहती है।

मनुष्य—यह शब्द मुझे बहुत उद्वेलित करता है
न कोई पर्वतमाला, न कोई फूल
तितलियाँ, नदी या समुद्र
न कोई इमारत, न सोना, न हीरा

न ही कोई अरण्य···
कुछ भी मुझे इतना आकर्षित नहीं करता
जितना करता है मनुष्य
जितना मुझे लील जाता है मनुष्य
उतना ही बहाकर ले जाता है मनुष्य।

मनुष्य···इससे सुन्दर कोई और शब्द
मुझे इस धरती पर नहीं मिला।

पराधीनता

यह है मेरा घर
यही है मेरा घर
लोग कहते हैं—
भला औरतों का कैसा घर ?

यह है मेरी ज़मीन, यहाँ मैं
खुद अपने हाथों
फ़सल उगाऊँगी
यह देखकर हँसते हैं लोग
कहते हैं, औरत तो
खुद ही एक फ़सली ज़मीन
जिसमें हम बोते हैं बीज
अपनी मौज-मस्ती के।

यह है मेरा हाथ
मर्द लोग कहते हैं, यह तुम्हारा हाथ नहीं
हमारी सेवा के लिए बना
शरीर का एक हिस्सा है।

ये हैं मेरे होंठ
लोग कहते हैं, ये तुम्हारे नहीं
चुम्बन के लिए बनायी गयी है
एक जोड़ी।

यह है मेरी कोख
मर्द कहते हैं, यह तो असल में है
हमारे वीर्य को रखने की थैली
जहाँ बढ़ेगी
हमारी मर्दानगी की पौध।

कम्पन-9

अपने हाथों से उठाकर तुम्हारा चिबुक
होठों से होठों को भींचकर
मैं तुम्हें वैसे ही चूम लूँगी
जैसे कि मुर्गा बीन लेता है
मुँह अँधेरे
धान की भूसी से चावल का दाना।

छोड़ गये हो मुझे, देखती हूँ
एक क़दम भी आगे नहीं बढ़े

चौखट पर अकेले खड़े हो युवक !
क्या तुम चले जाओगे ? जाना चाहते हो तो जाओ
जो जाना चाहता है, उसके लिए आँखों में आँसू भर
द्वार छेंककर खड़ी नहीं हो पाती।

और आख़िरकार जब तुमने कह ही दिया कि जाओगे
मैं खिड़की के पास खड़ी थी, आँख मूँदकर इन्तज़ार में
कि कब तुम्हें स्पर्श करती हुई हवा मेरा स्पर्श करे
तुम्हारी विदा-वेला में
कब तुम्हारे क़दमों की आहट से मेरा दिल काँप उठे
मैं इन्तज़ार कर रही थी''जैसे सभी जाते हैं
तुम भी जाओगे वैसे ही यादों की डिबियों को
आँगन और सहन, मैदान, खाने की मेज़, बिस्तर पर
इधर-उधर फेंककर''''
चूँकि दूसरे लड़कों की तरह तुम्हारी भी है—
नाक, आँख, चेहरा, लम्बाई, चौड़ाई और मोटाई
''''वैसा ही सब कुछ है।

लेकिन हैरान हूँ कि जब आँसू झरते हुए
वक्ष भीगा, आँचल भीगा
तब दरवाज़ा बन्द करते हुए देख रही हूँ कि
तुम हो, और चौखट छोड़कर एक क़दम भी
आगे नहीं बढ़े

हाथ

फिर मैं तुम्हारे हाथों को अपने हाथों में थाम लूँगी
अपना जीवन सवार, अपनी नौका को ज्वार से उतार
आयी हूँ उसी आँगन में आधी रात को
देख रहे हो चाँद के नीचे खड़ी
रो रही इक दुखिया-सी लड़की।

देखो मेरी उँगलियाँ काँप रही हैं, कब बढ़ाओगे हाथ ?
ओस में भीगकर इस शरीर के पत्थर हो जाने पर ?
याद है, हाथ छुड़ा लिया था, बारिश हुई थी तब
जब तुम फाड़कर खा जाते किसी औरत की गन्ध पाते ही।

सर्दी के बोझ से झुकी हुई बाँहें छूकर देख रही हूँ
प्यार की चाहत ही ख़त्म हो गयी, देह ढीली पड़ गयी
जहाँ भी जाती हूँ, वहाँ बहुत बनावटी लगता है
अब भी तुम वैसे ही हो
उम्र बीती, साल बीते, तब भी।

अपने कन्धे पर खुद ही हाथ रखकर
खुद से ही कहती हूँ–
किसी से मिलने आयी थी पासवाले घर में
अब जा रही हूँ।

नूरजहाँ

उन्होंने नूरजहाँ को खड़ा कर दिया है
आँगन में खुदे गढ़े में
वहाँ वह कमर तक गड़ी
और सिर झुकाए खड़ी है
नूरजहाँ की तरफ पत्थर फेंक रहे हैं वे
वे पत्थर मेरी देह से टकरा रहे हैं।

मेरे सिर, माथे, कपाल, सीने और पीठ पर
बरस रहे हैं पत्थर
वे पत्थर फेंक रहे हैं और ज़ोर-ज़ोर से हँस रहे हैं
हँस रहे हैं और गाली दे रहे हैं
नूरजहाँ के माथे से बह रहा है खून
और मेरे ज़िस्म से भी
नूरजहाँ की नाक फूट गयी है, मेरी भी
नूरजहाँ की छाती दरक गयी है, उसमें हो गया है सूराख, मेरी भी
क्या ये पत्थर तुम्हारी देह पर नहीं बरस रहे ?

वे ठहाके लगा रहे हैं, हँस रहे हैं
और सहला रहे हैं दाढ़ी··सिर से चिपकी टोपी
इन ज़ोरदार ठहाकों से हिल रही है
वे हँसते जा रहे हैं और हिला रहे हैं अपनी छड़ी
उनकी वहशी आँखों के तरकस से निकले तीर
नूरजहाँ को बींध रहे हैं··और मेरे बदन को भी
ये तीर तुम्हारे बदन को नहीं बींध रहे ?

अस्वीकार

भारतवर्ष कागज़ का कोई रद्दी टुकड़ा नहीं
जिसे चिन्दी-चिन्दी कर फेंका जा सके।

सैंतालीस एक शब्द है, जिसे मैं
रबर से मिटा देना चाहती हूँ
सैंतालीस नाम का काँटा गले में बिंधा हुआ है
यह काँटा मैं निगलना नहीं चाहती
उगल देना चाहती हूँ
उद्धार करना चाहती हूँ
अपने पुरखों की अखण्ड भूमि का।

मैं ब्रह्मपुत्र चाहती हूँ···चाहती हूँ सुवर्णरेखा भी
चाहती हूँ सीताकुण्ड पहाड़ और कंचनजंघा भी···
श्रीमंगल चाहती हूँ और जलपाईगुड़ी भी
शालवन विहार चाहती हूँ, और अजन्ता-एलोरा भी
अगर कर्जन हॉल मेरा है तो फोर्ट विलियम भी मेरा है।

इकहत्तर में जो लोग लड़ाई लड़ते हैं
वे विजयी होते हैं
वे दो राष्ट्र की धारणा को निकाल बाहर करते हैं
सैंतालीस से वे लोग कभी नहीं हारते।

धर्मवाद

जिस दिन विनाश होगा धर्मवादियों का
लौटूँगी मैं ब्रह्मपुत्र किनारे उस दिन
इससे पहले उँगली तक नहीं डुबाऊँगी
उस गंदले पानी में।

धर्मवादी लोग जिस दिन समेट लेंगे अपना कारोबार
उस दिन लौटूँगी मैं घर
इससे पहले मैं घनघोर बीहड़ को छोड़कर
कहीं नहीं जाऊँगी
उस दिन मैं बरामदे में बड़े इत्मीनान से
कुर्सी पर पाँव लटकाकर सूर्योदय देखूँगी
ऊँचे सुर में गाऊँगी उस दिन
दोस्त के घर घूमने जाऊँगी
उस दिन ऐसा भी हो सकता है कि
किसी को जी भरकर प्यार करूँ।

धर्मवादियों के विनाश से पहले
अगर मैं हँसना भी चाहूँ तो वह होगी बनावटी हँसी
अगर मैं गाना गाना चाहूँ
तो मेरे गले से कोई सुर न फूटेगा...
मिट्टी में कोई विषबीज बोने पर
उस मिट्टी से विषवृक्ष ही पैदा होगा

डाल, पत्ते और फूल काटने से तो
विष दूर नहीं होगा
उखाड़ फेंकना पड़ता है जड़ को···
धर्म आज अपनी शाखाएँ फैला रहा है सारे देश में
बढ़ रही है लोगों में अफ़ीमखोरी
इस महामारी को कौन रोकेगा···
मैं ? तुम ? या वे लोग ?

ऐसा भी तो हो सकता है कि सबसे पहले
हम, तुम और वे सब मिलकर इकट्ठे हों
और फिर पत्थरों को हटाएँ।

प्ले ब्वॉय

तुम दूसरे शहर में रहते हो
इस शहर में आते हो कभी-कभी
घंटा-आधा घंटा रुकते हो, प्यार करते हो
और फिर बड़े मज़े से
कुछ गुनगुनाते हुए चले जाते हो
तुम्हारा प्यार भी तुम्हारे साथ चला जाता है
कपूर की तरह उड़ जाता है।

तुम किसी दूसरे शहर में रहते हो
वहाँ एक गोरी औरत से प्यार करते हो
फिर इस शहर में आकर
एक काली लड़की के साथ शरीर बदलते हो…
एक और उनींदा शहर है इस शहर के दक्खिन में
वहाँ बादामी रंगवाली एक औरत मिली है तुम्हें
यह मैं जानती हूँ…
यह तुम्हारे स्वभाव का एक अंग है–
कई-कई घाटों पर लगाना चाहते हो प्यार की नाव।

इस बीच सारी विपदा झेल रही हूँ मैं
नाव नहीं है, कोई नदी नहीं है
धू-धू कर जल रहे जीवन में
जो किनारा बचा है
और जहाँ मैं खड़ी हो सकती हूँ
वह सिर्फ़ तुम हो।

कम्पन-10

जाने कहाँ-कहाँ से
हीरा-पन्ना-सोना बटोरकर
आज ही गढ़ा है एक प्रासाद
लेकिन लुटा दूँगी मैं सब कुछ…
अगर मिले तुम्हारा प्यार
तो मैं जोगन बनने को तैयार।

ग़रीबी

भला किस बात की कंगाली है हम लोगों की ?

कोई कहता है भात की, मछली की
लम्बी साँस छोड़ते हुए कोई कहता है कपड़े की
कोई पाँच-दस मिनट तक सोचकर
ऊपर-नीचे सिर हिलाकर कहता है–
किल्लत है रहने की जगह की सबसे ज़्यादा।

लेकिन किसी ने नहीं कही
यह मामूली-सी बात
एक और बदहाली थी
और वह है चिन्ता की...

क्या खाने-पहनने से ही मिट जाती है तंगी ?

सूअर इल्लत खाते हैं, इल्लत खा-खाकर ही
उसका जीवन बीतेगा
इसलिए वह सिर्फ वही खाता है–
और कुछ भी स्वीकार नहीं किया उसने जीवन में
मनुष्य क्या सिर्फ़ चपड़-चपड़ खायेगा ?
पहनेगा ? सोयेगा ? बस, इतना-भर ?
और कोई कर्तव्य नहीं है उसका
मनुष्य के प्रति ?

सबसे पहले करनी होगी दूर
सोच की ग़रीबी
वरना जानवरों से ज़्यादा कीमती
नहीं होता मनुष्य का जीवन।

प्यार की कोई उम्र नहीं

प्रेम करने का कोई बँधा-बँधाया नियम नहीं है
कि इसके लिए उम्र होनी चाहिए बीस-पच्चीस
प्यार में उम्र का भला क्या काम ?
जैसे बहती है सोलह में
साठ में भी ठीक वैसे ही बह सकती है
प्रेम की फल्गुधारा।

साठ में पहुँचकर भी हृदय जार-जार रो सकता है
प्रेमकातर उँगलियाँ आलिंगन के लिए
लरज सकती हैं
साठ की उम्र में भी सीने में उमड़ता है सैलाब
साठ में पहुँचकर भी कीचड़ में लथपथ हो
कमल तोड़ने की चाह नहीं मरती।

उम्र है एक मामूली-सा धागा
जब जी में आये इसे लाँघा जा सकता है
उम्र जितनी बढ़ती है, उतनी ही बढ़ती जाती है
प्रेम की लतर, आकाश छूती है
अमरबेल हो जाती है
सुनो, उम्र जैसे-जैसे बढ़ती जाती है
वैसे-वैसे आदमी और अधिक प्रेमी होता जाता है।

प्रिय कलकत्ता

कलकत्ता, कैसे हो तुम ?
कैसी है तुम्हारी चौरंगी, तुम्हारा गड़ेर माठ
ईडन गार्डन, कैसा है हावड़ा पुल ? श्याम बाज़ार ?
गड़ियाहाट मोड़ ? धर्मतल्ला ?
तय था चितपुर की सड़कों पर नंगे पैर चलूँगी
देखते हुएं चलूँगी तिनकों का, मनुष्य का जीवन
तय था फुटपाथ के भजिया पकौड़े
उबले अँकुराये चने, कचालू और
मिर्च का अचार खाकर, भीड़ में खड़ी होकर
चुल्लू भर-भर चापाकल का पानी पियूँगी
हावड़ा स्टेशन पर दुनिया-भर के तमाम लोगों
का धक्का झेलती हुई चलूँगी
सीटी बजते ही दौड़ के पकड़ूँगी ट्रेन का मुड्ढा
ट्रेन ले जायेगी बोलपुर, दुर्गापुर, जयपुर····
न जाने किन-किन पुरों की तरफ़
तय था देशप्रिय पार्क की घास में लेटकर
कछुए की चाल चलती ट्राम को देखूँगी
और ट्राम देखकर मुझे जीवनानन्द के लिए
बड़ा अफसोस होगा
कभी भूख लगने पर बसन्त केबिन का कटलेट
कभी गिरीश मंच पर खेला जानेवाला नाटक
नन्दन में सत्यजित की फिल्में

किताबों पर औंधी पड़ी रहूँगी
सारी दोपहर किताबों के गलियारों में।

कॉफी हाउस में ठंडी कॉफी सामने रखकर
ईश्वर से ज़्यादा सोचूँगी
ईश्वरचन्द्र के बारे में···
तय था, किसके साथ तय हुआ था भला !
रवीन्द्र सदन ? लेक के किनारे ? विक्टोरिया मेमोरियल ?
शहीद मीनार, किसके साथ ?
या फिर काले पत्थर की मातेगिनी हाजरा के साथ
कानाफूसी हुई थी ?

चुपके-चुपके न जाने किससे
वादा कर आयी थी कि उसके संग
जाऊँगी, घूमूँगी, दौड़ूँगी
ब्रह्मपुत्र की तरह दीख रही गंगा की ओर
गंगा की बयार की तरफ़, किनारे की रेत की तरफ़
भोंपू बजाते हुए मोटर लांच की तरफ़···
कलकत्ता में कौन हो तुम ब्रह्मपुत्र के लोगो
कौन हो तुम लोग जिन्होंने पद्मा, यमुना
सुरमा, तितास और शीतलक्षा को
अपनी डबडबायी आँखों से देखा था ?
तुम नहीं, तुम्हारे पिता नहीं तो दादा
तुम अगर लेना चाहो तो लो
मेरे बदन से कंश नदी की गन्ध
मेरी नाक पर चुहचुहाते पसीने में है कर्णफूली
आँखों में तिरती है एक मेघना···
किससे वादा किया था मैंने ?
मेट्रो रेल से ? सूखे बकुल से ?
या फिर अपने आप से ?

मेरी उँगलियाँ चाहत के मारे थरथराती हैं
कलकत्ता की ठोड़ी छुए हो गये कितने दिन–
उसकी धूप में तचे बिना घर कैसे लौटूँ ?
कितने दिन हुए सोते समय सुनाई नहीं पड़तीं
सुतानुटि गाँव में पुर्तगाली डाकू और
अंग्रेज बनियों की छड़ी घुमाती उँगलियों
और सुर्ख आँखों की कहानियाँ
कितने दिनों से दौड़ नहीं पायी
धुंध छँटती एसप्लानेड के फुटपाथों पर···
मेरी देह, हाथ और पैर मजबूत जंज़ीरों से बँधे हैं
मैं तुम्हें एक बार और छूने के लिए
रो रही हूँ कलकत्ता।

मैं रो रही हूँ यह देखकर
लोग ताना कस रहे हैं, दुरदुरा रहे हैं···
तुम्हें प्यार करती हूँ इसलिए
लोग मुझ पर पत्थर फेंक रहे हैं
कीचड़ उछाल रहे हैं, मेरी आँखों में
काली मिर्च का चूरा झोंक रहे हैं
मुँह में डाल रहे हैं गोबर,
भरी दोपहर कर रहे हैं सरेआम नंगा।

कब हम मिल पायेंगे कलकत्ता ?
आनेवाली सर्दी में, बसन्त में ? या फिर
ऐसे ही बीत जायेगा बसन्त और
झरे हुए पत्तों पर चलेंगे चूहे और छछून्दर
बारिश में ठिठुर जायेगा रासबिहारी एवेन्यू
उसकी देह पोंछने की ख़ातिर मैं आ नहीं पाऊँगी
बालीगंज के आकाश में रुई के फाहे-जैसे बादल छाएँगे
और मैं बैठी रहूँगी अकेले

दरवाज़े और खिड़कियाँ बन्द कर अँधेरे कमरे में
साँस लेने की आवाज़ तक कोई न सुन ले
इतनी खामोशी से
मैं लम्बी पूँछवाली पतंग के पीछे
और दौड़ नहीं पाऊँगी,
सपनों को लटाई में समेटते-समेटते
चाहों की उम्र बीत जायेगी...

मल्लिका के साथ फिर छुप्पा-छुप्पी खेलने की बात थी
लेकिन मैदान सूखा पड़ा है, बजरी बिछी है
नहीं हो पायेगा खेल...
प्रफुल्ल सरकार स्ट्रीट में
एक बहुत ही सहृदय और सज्जन
आदमी के सामने कुर्सी पर बैठकर
अपनी कुछेक तक़लीफ़ों के बारे में बताना था
वह बता नहीं पाऊँगी !

तुम अगर आओ

अगर ढेर सारी तक़लीफ़ें एक साथ आयें तो आयें
जैसे भीगता है बच्चा बारिश में
वैसे ही भीगूँगी मैं तमाम दिन।

ठीक ऐसे ही तुम भी आओ अगर–
तो बेझिझक डुबकी लगाऊँगी मैं तुम्हारे जल में
डुबकी लगाकर मोती मिले तो मिले
वरना तैरती हुई पहुँचूँगी तुम्हारे हृदय में।

अन्तर

सुनो
झिझक नहीं है कोई
प्यार में अगर पुल को पार कर सको
सीने में भीचकर तुमसे कहूँगी–
यहीं रहो
कितने ही आये, सब डर जाते हैं
लील जानेवाले गहरे जल से
इसलिए यह पुल अकेला इस निर्जन में
अनछुआ रह जाता है।

मैं
रास्ते से गुज़रती हुई
रुकती हूँ कई बार
जा रही हूँ जहाँ वहाँ के लिए
यह अन्तर समर्पित है कि नहीं
खुद को परखकर देखती
कि सीने में है कितना प्यार
और कितनी नफ़रत
आओ, तुम भी जाँचकर देखो
भले ही रह-रहकर अगर
जल में आये ज्वार
फिर भी तुम करना मुझसे प्यार।

जाऊँगी, अवश्य जाऊँगी

अगर जाऊँ...
अगर जाऊँ वहाँ जहाँ ताड़ के पेड़ हैं उनके पास
उनके पास ही बह रही है जो नदी–
मेरे बचपन की नदी, अगर जाऊँ–
मैं अवश्य जा सकती हूँ, कौन मुझे रोकेगा
अगर कोई रोके, रोकने पर
मैं क्यों बन्धन में फँसूँगी–
अगर चली जाऊँ दौड़ते-भागते मैदान में, अगर जाऊँ–
अगर चली जाऊँ घास के फूल, नींबू पत्ता,
जायफल के पेड़ के नीचे दोबारा
जा सकती हूँ मैं लेकिन जाना चाहकर भी
फँसाये रखा है अपना पैर ठोस कीचड़ में।

अगर जाऊँ आकाश जहाँ शुरू होता है, वहाँ
मिट्टी खोद-खोदकर कुछ सपने हाथ में लेने
जाना चाहती हूँ झाऊ वन के बाद
झड़बेरी के पेड़ हैं जहाँ, वहाँ
जाना चाहती हूँ वहाँ, एक आदमी अकेले खड़ा है जहाँ
उसके हाथ में एक हाथ रखकर यह कहने कि
प्यार करती हूँ
जाने के लिए कितने मैदान हैं, नदी है, समुद्र है
पेड़ हैं, आँगन में घूमती कलगीवाली बत्तखों

के ढेर सारे झुण्डों के बीच
जाने के लिए कितनी ही फूस की झोंपड़ियाँ हैं
धधकते-उमड़ते सीने हैं, दोनों हाथों का आलिंगन है
फिर भी पैरों से चिपके रहते हैं लपलपाती जीभवाले साँप
जाना चाहती हूँ लेकिन बार-बार ऐसा लगता है
कि अगर जाना है···और जाना ही है
तो फिर मैं क्यों नहीं जाऊँगी ?
अवश्य जाऊँगी।

जो पति प्रेमी नहीं, उसे...

तुम्हारे पास एक खोखली देह आकर
खड़ी हो गयी है
और एक हृदय था
जो हो चुका नीलाम।

कम्पन-11

मचान पर उठाकर रखा है शरीर
ताकि कोई आकर खा न जाये
जिसे कीड़े न भी खायें
उम्र ही लील जायेगी उसे।

अवगाहन

जोहड़ में क्यों डूबने जाऊँगी भला
जब हाथों के पास बह रही हो चंचल नदी
जिसका जी जो करे—उधर जाय
और जैसे मर्ज़ी मूड़े।

मेरे सात समुन्दर हो तुम
लबालब भरे पोखर
तुम हो मेरे गहरे जलाशय
तमाम दोपहर तुम्हारे पानी में तैरते हुए—
डूब मरना भी मेरे प्यार की जीत है।

यात्रा

मैं उसे लाँघ गयी हूँ बड़ी आसानी से
घृणा से उसे फेंक चुकी हूँ हृदय से दूर, झाड़ियों में
बाद में वह रोता होगा या काट खाता होगा
अपनी उँगलियाँ, नोंचता होगा बाल
और क्या पटकता नहीं होगा
अपना सिर पक्की दीवार पर
यह कोई मुद्दा नहीं है
पीछे मुड़कर देखने का।

लाँघ चुकी हूँ उसे अगर उसका
नाम ही मिटा डाला है
फिर क्यों यादों के शरीर पर
हाथ रखकर और धीरे से कन्धा हिलाकर
बूँद-बूँद झरते तकलीफ़ और मौलश्री के फूल
बिखेरूँगी फिर, देर-सवेर ?
एक बार धूल झाड़कर भला फिर कोई
धूल में लोटता-पोटता ?

बीबी आयशा

काफ़िला जा रहा है, पिछड़ गयी हो तुम
ऊँटों की लगाम पकड़कर कभी खींचा भी था ?
युवा महावत ने किया था खूब प्यार
चुपके-से भीगता है तुम्हारा शरीर भी–
फिर उतर आयी चुपके-चुपके ऊँट के हौदे से
तप्त रेत में लोट-पोट हुए प्यार में।

बाद में पता चला मल त्याग रही थी
प्राकृतिक ज़रूरत के लिए सारे गुनाह माफ़
तुमने किया था शरीर का उपभोग
मैं इसे मानती हूँ शरीर की ज़रूरत…
तुम्हारी शक्ति नारी में तेज भरे।

प्यार में जी नहीं रमता आजकल

प्यार में इन दिनों जी नहीं रमता
लगता है जैसे कुछ काम है
लगता है जैसे कहीं जाना था, कहीं दूर
प्यार आजकल मुझे माला की तरह
वैसे नहीं गूँथता
जैसे कि गूँथती है वेदना की लम्बी डोर।

जो ज़िन्दा नहीं रहने की तरह ज़िन्दा हैं–
उनके लिए मन उदास होता है मेरा
दिन-दिन भर मन उदास रहता है
सारे दिन अगर चुभे सूई बदन में–
तो क्या मैं पागल हूँ
प्यार के लिए अपनी जान दे दूँगी !

उनके सामने सबसे पहले फेंकना होगा तिनका–जो डूब रहे हैं
सबसे पहले हाथ बढ़ाना होगा उनके हाथों की तरफ़
जो डूब रहे हैं
उसके बाद खुद को बचा पायी तो बचूँगी
प्यार कर पायी तो करूँगी।

तोप दागना

मेरे घर के सामने स्पेशल ब्रांच के लोग
चौबीसों घंटे खड़े रहते हैं
कौन आता है कौन जाता है
कब निकलती हूँ, कब वापस आती हूँ
सब कापी में लिखकर रखते हैं
किसके साथ दोस्ती है
किसकी कमर से लिपटकर हँसती हूँ
किसके साथ फुसफुसाकर बातें करती हूँ···सब कुछ···
लेकिन एक चीज़ जिसे वे दर्ज़ नहीं कर पाते
वह है—मेरे दिमाग़ में कौन-सी भावनाएँ
उमड़-घुमड़ रही हैं
मैं अपनी चेतना में क्या कुछ सँजो रही हूँ
सरकार के पास तोप और कमान हैं
और मुझ जैसी मामूली मच्छर के पास है डंक।

दीर्घ पथ पर जाऊँगी

मैं पैदल ही उस पथ पर जाऊँगी
बाबा ने कहा है–अगर तुम बेटी हो तो लौट आओ
मैं कहती हूँ–अगर लड़की होने के नाते मुझे लौटना पड़े
तो मैं तुम्हारी बेटी नहीं।
मित्रों ने बुलाया–आ जाओ, खेल खेलते हैं
नहीं, मैं नहीं लौटूँगी...
वह पथ ऐसा है कि मुझे कोई फूल-चन्दन नहीं पहनायेगा
वह पथ ऐसा है जहाँ काँटे चुभेंगे मेरे पैरों में
वह पथ ऐसा नहीं है जिस पर लोग जाते हैं या
जाना चाहते हैं
वह पथ ऐसा है–जहाँ चलने पर साँस उखड़ जाती है
मुझे पता है–उस रास्ते चलने पर
एक दिन मिल जायेगा एक आलोकित ब्रह्माण्ड
मनुष्य को मिलेगा मनुष्य का प्रेम
ताज़ी हवा मिलेगी...
माँ ने कहा था–वापस चली आओ
भाई-बहनों ने कहा--वापस आ जा
नहीं, मैं वापस नहीं आऊँगी
मुझे जाना ही होगा उस पथ पर
जहाँ सबकी हिम्मत नहीं होती है जाने की।

कीड़े-मकौड़ों की कहानी

आधी नींद में चौंककर देखती हूँ
बदन पर किसी की उँगलियाँ नहीं, तिलचट्टा रेंग रहा है
चलते हुए नाभि के पास आकर रुकता है, सूँघता है
कोख से अलग हुए गर्भनाल के घाव में
कौन-सा ऐसा शहद है ! क्या वह भी पुरुष है ?
लालसा की लाल जीभ लटकाए रहता है कार्तिक के कुत्तों-जैसा ?

चींटी भी पैरों से चढ़कर जाँघों को ही काटेगी
क्या वे चीनी की चाशनी में डुबोई हुई हैं ?
क्या पता वह भी पुरुष हो
उसका भी मचल जाता होगा नुकीला नाखून !

बर्र का डंक भी चुभता है सिर्फ स्तनाग्र में
रात गहराने पर धीरे-धीरे उतर आती है सफेद छिपकली
ढूँढ़ती है चिकनी त्वचा, त्वचा का गड्ढा
घुन खोद-खोद कर खाती है कुक्षिनाल, डिम्बग्रंथि
झाड़ू मारकर भगाती हूँ, फिर भी दम साधकर
भागता है सुगन्धित खाई की तरफ़
क्या शौक से पुरुष कभी पाताल में नहीं उतरते ?
नीली मक्खी मल से उड़कर धोखे से होंठ पर आ बैठती है
पानी पीती है गीली जीभ का
क्या ये पुरुष नहीं''कुछ और हैं ?

खटमल भी क्या छोड़ेगा ? चुन-चुन कर वह भी
चाहता है नितम्ब का उभार, नुकीले दाँतों से काटता है
मांस की तह को
मांस की तहों के नीचे जड़ों का दाँत पहुँच जाता है
पुरुषों की तरह ही तेज़ धारवाले दाँत हैं उसके...
योनिरोम से जाला बुनता है मकड़ी का चौदह पुश्त
उसके चालाक रेशों में मैं फँस जाती हूँ एकान्त में
मैं तो इतना ज्ञान का भंडार हूँ फिर भी
पुरुष खाएँ इसलिए प्रकृति ने भी बड़े कौशल से
स्त्री के शरीर को काटकर रस के घड़े में रखा है।

अनुचरी

बुलाने पर आती हूँ
जाने को कहने पर चली जाती हूँ
भले ही कुछ मिले या न मिले
रात-दिन तुम्हारे इशारों पर नाचती हूँ
बताओ, क्या मैं अपने लिए जीती हूँ ?

प्रेरित नारी

हम हैं–प्रकृति की भेजी हुई स्त्रियाँ
प्रकृति स्त्री को पुरुष की पसलियों से नहीं गढ़ती
हम हैं, प्रकृति की प्रेरित नारियाँ
प्रकृति नारी को पुरुष के अधीन नहीं रखती
हम हैं, प्रकृति की भेजी हुई स्त्रियाँ
प्रकृति स्त्री को स्वर्ग में पुरुषों के पैरों तले नहीं रखती।

प्रकृति ने स्त्री को मनुष्य बनाया है
पुरुष द्वारा निर्मित धर्म इसमें बाधा डालता है
प्रकृति ने स्त्री को मनुष्य बताया है–
समाज उसे अँगूठा दिखाकर ठहाके लगाता है
प्रकृति ने स्त्री को मनुष्य कहा है–
पुरुषों ने एकजुट होकर कहा है–'नहीं'।

बहुगमन

अगर जाना चाहते हो तो फिर देर करने की कोई ज़रूरत नहीं
क्या है ? कहो तो छोड़ आती हूँ मैं तुम्हें उधर
ताकते रहते हो सारा दिन जिधर
इधर निश्चिंत हूँ मैं
मैं समझती थी कि मुझे ही याद करते रहते हो
क्या खूबसूरत बेवकूफ़ी थी यह !
कहाँ तुम्हारा मन खोया रहता है—जानती हूँ
जान कर भी अनजान बनी जी को समझा लेती हूँ
सिर्फ तुम्हारे लिए
सब धोखा है, फरेब है
एक दिन जब पता चलता है
तब जल्दी-जल्दी भागती हूँ
तुम्हारा आँगन छोड़कर
जितना ही चाहती हूँ खड़ी रहूँ दूर—
स्मृतियों से पिण्ड छुड़ाकर
लेकिन ऐसा कर नहीं पाती
सबकुछ छलाँगकर अंतर से अविरत झरता है जल।

क्या तुम यह सब समझते हो ?
मुझे अकेला छोड़कर इस तरह कैसे चले जाते हो
क्या एक बार भूलकर भी पीछे ताकते हो ?

निर्बोधों का देश

झोंटा पकड़कर देश को
सुबह-शाम पटक रहे हैं जो लोग
वे आज देश के सिरमौर हैं।

आज हममें से जो देश के टीसते ज़ख्म पर
मलहम लगाते रहे हैं
हमीं हैं जो ले आये हैं
हरे झण्डे में एक लाल सूर्य
हम जो देश के दुःख में रात-रात भर रोते हैं–
देश के कोई नहीं लगते।

जिन लोगों में बाहुबल है–वे चाबुक मारते रहे हैं
देश की पीठ पर
कभी-कभी देश भी
उनकी चापलूसी करने लगता है
और हमलोग जो बीमार, दुर्बल, भूखे हैं
अपने सिरों पर आकाश ओढ़कर
किसी तरह जी रहे हैं
हम लोग जो देश को
दूध-केला खिलाकर पाल-पोस रहे हैं
जाहिर है, हम अच्छे लोग नहीं हैं।

प्रश्न

क्या ऐसा कुछ दे सकते हो
जिसमें हो प्यार से भी ज़्यादा प्यार ?
ऐसी एक तलवार
जिसमें हो मुझसे भी तेज़ धार ?

1500 बंगाब्द

सौ साल बाद यह कविता कोई-न-कोई पढ़ेगा ज़रूर...
वह अगर स्त्री हो तो क्या वह तब केवल स्त्री ही होगी ?
मान लेती हूँ कोई स्त्री नहीं, तब वह सिर से पाँव तक 'मनुष्य' है
तब वह चहारदीवारी में क़ैद नहीं होगी
उसके पैरों में पिछले हज़ारों सालों से पड़ी जो जंज़ीर थी
वह नहीं होगी
उसके हाथों में जो क्रोशिया, सूई और सलाई थी, नहीं है
हाथों में है क़लम, हँसुआ, कुदाल और कलपुर्ज़े
वह मनुष्य की तरह चलती है, दौड़ती है, ज़ोर-ज़ोर से हँसती है
मछली का सिर खाती है, दूध की मलाई भी
वह कुपोषण से ग्रस्त भी नहीं होती
वह अगर स्त्री है
उसे कोई स्कूल न भेजकर
झोंक नहीं पा रहे हैं जलती हुई अँगीठी में
उसे और पहनाया नहीं जा सका है
बाल-विवाह का फंदा
उसे अब ढँका नहीं जा रहा है
भुतहा बुरक़े में
निश्चित ही अब वह माँग सकती है समान उत्तराधिकार
निश्चित ही अब वह माँग सकती है शिक्षा, स्वास्थ्य, सम्मान
निश्चित ही अब वह माँग सकती है कोख की स्वाधीनता, लड़की का जन्म
निश्चित ही अब वह माँग सकती है चाँद या सूरज के नीचे

बेरोक-टोक अपनी जगह !

जो पढ़ रहा होगा यह कविता, वह स्त्री हो या पुरुष
वह ज़रूर तब तक मुक्त हो चुका होगा धर्म की जकड़ से
उसे और ज़मीन में सर ठोंकना नहीं पड़ता होगा पाँचों वक़्त
उसे भगवान का प्रसाद नहीं खाना पड़ता होगा
और वे मसजिद-मन्दिर तोड़कर बना रहे होंगे
फूलों के खूबसूरत बाग़ !
जुलूस नहीं है, पीर का मज़ार नहीं है
स्वेच्छाचार की परेशानी नहीं है
काँटेदार तार नहीं हैं
बदले में क्षितिज तक रजनीगंधा की खुशबू
मुग्ध प्यार।

सौ साल बाद क्या नेता के घर में, शिक्षण-संस्थानों में
शहरों में और गाँवों में बारिश होगी
धाँय-धाँय गोलियों की ? या कॉकटेल की ?
अकाल, ग़रीबी, सूखा, झंझावात और आतंक के देश में
क्या सही-सलामत रहेगा शहीद मीनार, स्वोपार्जित स्वाधीनता
अपराजेय बांग्ला, जयदेवपुर के मुक्तियोद्धा, स्मृति-भवन ?
तो फिर क्या बात है कि 21 तारीख की सुबह नंगे बदन
फूल चढ़ाने के लिए जुट जाते हैं अनगिनत बंगाली ?
क्या तब भी बैशाख में, शरद में, अगहन में, फागुन में
होते रहेंगे उत्सव ?
पहले प्रभात की, शुभ्र बादलों की, नवान्न की
झरते पत्तों और हवा की···
क्या तब भी मनुष्य मनुष्य के लिए गाना गायेगा
रोयेगा ?

तुम जो पढ़ रहे हो यह कविता, क्या तुम जानते हो

कि सौ साल पहले किस भयानक स्वप्नहीन अँधेरे
में अकेली चल पड़ी थी¨
दलित और पतित लोग ? ग़रीबी, परमाणु धूल
अशिक्षा, अज्ञान, बुढ़ापे और रोग में थके-हारे¨
कम-से-कम तुम या तुम लोग ज़रूर अपनी मुट्ठी में थाम सकते हो
सच्चाई और बराबरी का आलोकित ब्रह्मांड
हम लोग ऐसा नहीं कर सके।

इस सुफल धरती की कोख से इतने दिनों में
ज़रूर जन्म लेंगे एक और राममोहन
एक और ईश्वरचन्द्र, खुदीराम, सुभाष बोस
और एक और रवीन्द्रनाथ
जनम लिया होगा सूर्यसेन, प्रीतिलता, बेगम रुकय्या
शेख मुज़ीब और नूर हसन ने¨

सौ साल बाद खुशहाल बंगाल में
अगर मेरी कविता धूल भी चाटे, तो भी
बंगाली जीये मछली-भात के साथ
गुलाब की खुशबू से ज़िन्दा रहे स्वप्नद्रष्टा मनुष्य
शुद्ध और स्निग्ध प्रेम ज़िन्दा रहे
पेड़ों का रंग और भी हरा हो।

कवि निर्मलेन्दु गुण

सारी दोपहर कम्प्यूटर को प्रतिपक्षी मानकर शतरंज चौपड़ खेलते रहे
आदमी को शतरंजी के एक छोर पर बिठाने से कहीं अच्छा है
किसी मशीन को पास बिठाना
शायद, यह ठीक ही होगा
वरना क्यों वह आज़िमपुर की क़ब्रगाह से सटकर बैठा
इतने नज़दीक कि मिलती है मृत्यु की गन्ध
सारी दोपहर चौपड़ पर चला रहे हैं
हाथी-घोड़े, राजा-मंत्री
कभी-कभी कम्प्यूटर को भी हरा देते हैं
लेकिन बार-बार हार जाते हैं वे रहीमुद्दीन से, बदरअली से।

आजकल वे शराब और शबाब में उतना यक़ीन नहीं रखते
शाम को बैठते हैं जुआ खेलने
जुआ खेले बगैर उन्हें अच्छी नींद नहीं आती
जुए में न हारने पर भी वे बड़े बेचैन नज़र आते हैं
जुए में दो-चार सौ रुपए हारने पर उन्हें एक तरह का गुस्सा आये
ऐसा ही वह चाहते हैं
गुस्सा आने पर वे लोगों को हरामज़ादा कहकर
गाली दे सकते हैं
बदरअली लोग उन्हें खदेड़ते हुए नेत्रकोना से दुर्गापुर की तरफ
ढकेल रहे हैं
रहीमुद्दीन और उनके आदमी उन्हें ठेलते हुए पलासी से...

इन्हें वे सरेआम रास्ते पर शाहबाग़ मोड़ पर खड़े होकर
गुलिस्तान के ऊपर या प्रेस क्लब के सामने खड़े होकर
पाँच सौ लोगों के सामने हरामज़ादा कहकर गाली देना चाहते हैं
लेकिन डर से उनकी आवाज़ बुझ जाती है
इसलिए जुए की मेज़ पर बैठकर एक बार
हरामज़ादा कहने के लिए वे जान-बूझकर बाज़ी हारते हैं
लोग समझते हैं कि यह शायद बेजान ताश को गाली देना है
चिड़ी की बेगम को या फिर ईंट के गुलाम को।

निर्मलेन्दु गुण को मैं बांग्ला देश कहती हूँ
बदरअली जैसे लोगों के पास अपना सब कुछ लुटाकर
फटे तकिये में सिर छिपाकर, कथरी से देह ढककर
सोया रहता है मेरा बांग्ला देश।

पानी में तिरना

देश में प्रेमियों का अकाल पड़ा है
ऐसा कई मौकों पर देखा है
देह के कुएँ में डुबकी लगाते हैं सोने के मेंढक
और अन्त में
धूल और पानी झटककर चले जाते हैं
    मानो राजहंस हों।

मैं घास
बिछाकर बैठी रहती हूँ
मन में यह आशा सँजोकर कि कोई

एक दिन आकर जरूर कहेगा—मैं तुम्हें प्यार करता हूँ
और सारा दिन निर्मल स्वप्न के जल में
तिरता रहती हूँ।

अगर तुम यह सोचते हो कि तुम आओगे
तो मैं जाऊँगी वहाँ तक
जहाँ तक जाती है नज़र
और जिस तरह कहीं खो जाती है कोई चिड़िया अचानक।

आओ,
सिर्फ मेरी इस शर्त पर
कि प्यार करोगे।

चाहत

मैं तुम्हें बुरी तरह चाहती हूँ, समझ गये न !
ऐसी ही एक बेखौफ़ लड़की तुम्हें चाह रही है
क्या, दिल काँप रहा है तुम्हारा
धत्, काट खाऊँगी तुम्हारा सीना
सारी दुनिया में तुम ढूँढ़ते रहे थे जो लड़की
हालाँकि मेरी क़तार में खड़े होने पर भी
तुम इधर-उधर ढूँढने लगते हो—किसी और को।

मिली कोई ? कम से कम एक-दो ?
अगर मैं तुम्हें पकड़कर बिस्तर पर पटककर...
डर रहे हो ? बिस्तर पर सुलाकर
कहीं कपड़े न उतार लूँ तुम्हारे !
मान लो कमरे में रिस रहा हो पानी
टूटी खिड़की से, और टीन की छत टपक रही हो
और मैं तुमसे कह रही हूँ, "चलेगी, यह जलकेलि ?"

तब तुम अगर कह सको 'नहीं'
तो मैं बदल लूँगी अपना नाम
मैं स्पर्श करूँगी तुम्हें और तुम
आकाश के तारे गिनोगे, यह संन्यास तुम्हारे लिए नहीं
लोगों के सामने दिखावा करोगे
नाचना नहीं आता, गाना नहीं आता

माँगना नहीं आता—लड़की का हाथ
और दबे-छिपे जितने भी हैं
शरारती और साहसी
उन सबके साथ चलती है प्रणयलीला।

तभी तो लुक-छिपकर नहीं
मैं सपाट तौर पर कहती हूँ—हाँ, चाहिए
'चाहिए' का मतलब है
जैसे धरती, पानी और अन्तरिक्ष में
ईश्वरवादी ईश्वर के होने का आभास जताते हैं
उसी तरह मैं तुम्हें चाहती हूँ
हर जगह, हर मौके पर
चढ़ाई की तरफ़ जाते हुए आयेगा
एक लम्बा-चौड़ा बीहड़
दक्खिन की तरफ खड़े होकर
ढेला फेंकना मधुमक्खी के छत्ते पर।

मधुमक्खियाँ डंक मारने आयेंगी
तो मैं क्या करूँगी जानते हो ?
अपनी पीठ बढ़ा दूँगी
तुम मेरी देह की ओट में बच जाओगे
वह ऐसी कोई बात नहीं
औरतों को कौन नहीं पंजे गड़ाता
तो फिर मधुमक्खी ही सही
इसी बहाने मैं पा जाऊँगी
तुम्हारी देह की सारी गन्ध
क्या लाँघने की हिम्मत है तुममें
ऐसी खामोश रात में, दोनों सामने खड़े हों अगर ?

बहुत देखा है

देखो, बकवास मत करो
जब-तब बिना बात के खामखाह अन्दर चले मत आना
और कहाँ ? कमरे में, बिस्तर पर–
अच्छा तो कोई इस तरह करता है प्यार ?
या किया जा सकता है ?

पैर फैलाकर सोयी रहती हूँ
बाँहें फैलाकर औंधी पड़ी रहती हूँ
तुम दाखिल होते हो तो न जाने छिप-छिपकर
क्या कुछ सूँघते रहते हो···
या फिर तुम्हें इस तरह सूँघने की क्या ज़रूरत पड़ी है
क्या कहीं कोई जादुई छड़ी छिपाकर रखी है
दीवारों या खिड़कियों में···
मैं क्या कभी बस में आ सकती हूँ ? बेवकूफ़ कहीं के !
वैसे कभी ऐसा भी था जब मैं हर कहीं
और बार-बार खाती रही थी धोखा
नहीं, अब और नहीं ! बार-बार कोई एक ही ग़लती नहीं दोहराता !
इतना बुरा वक़्त बीता, बहुत कुछ देख लिया मैंने
अब मेरे सिवा ऐसा कोई नहीं जो मुझे बचा सके।

समझौता

एक शाम को मेघना जाऊँगी, ठीक है ?
पहले के सारे अनुभव हैं कड़वे
भाई, थोड़ा समझकर चलना, अगर नाव पर चढ़ूँ
शाम ढलने तक भूख लगने पर
चन्द्रमुखी आकाश को पानी के आईने में डालकर
औंधे रख छोड़ूँगी कुछ मामूली स्वप्नों को।

लेकिन सुख में काया बहती है, ज्वार के पानी में सुख
मैं जानती हूँ तुम्हें थोड़ी-सी चाह है
जल के पाँव छूने की !
मेरा मन महानगर को छोड़कर दूर जाने का है
साथ जाने की इच्छा अगर हो चंचल बालक
देखना भाई, देखकर चलना, गिर न जाना
तैरना जानते हो ? शायद नहीं,
हिल रही है नाव
एक शाम को छूएँगे जीवन, ठीक है !
कितने दिनों से मेरे अन्दर है ख़ालीपन।

साथी

हाँ, सबके लिए हूँ मैं लेकिन मेरे लिए कोई नहीं
चाहे जो भी जाये और जो भी आये–
मैं हर किसी के चलने का रास्ता-भर हूँ।

उन लोगों का जीवन है–भरा-पूरा
और मेरा एकदम ख़ाली
जो भी आता है और जो भी जाता है–
मुझे सामने पाते ही अँधेरे में फाड़कर खा जाता है
मेरा कोई नहीं
मैं अकेली खुद अपने दुखों की साथिन हूँ।

लड़कीपन

एक

तीर जैसी चुभनेवाली सर्द हवा जब देह को बींध जाती है
तब मेरी हथेली पर गरमागरम पीठा और
भापवाले पीठे के अन्दर खजूर का गुड़
और बात करने पर मुँह से ठीक वैसे ही
निकलता है धुआँ जैसे कोई चूल्हा
मानो जंगल में सूखे पत्तों की आग
जैसे चावल खदक रहा हो
जैसे दाल में है पंचफोरन की बघार
जल रहा है घर-द्वार, जल रहा है पेट
जल रही है जीभ।

तब एक हाथ में भाप उगलते पीठे की गरमाहट
और दूसरे में गिल्ली-डंडा की गिल्ली
हाथ में डंडा लिये खड़े हो जाते हैं लाबु, बाबु, साबु, हाबु...छह भाई
दूसरी तरफ मैं अकेली, हाथ में गिल्ली
गिल्ली के पीछे दम साधे दौड़
उड़ती है गिल्ली पेड़ पर, खपरैलों पर, पोखरे में
कच्ची संडास में, धूप में सूखती लाल मिर्च में
झड़बेरी के अचार में...हाथ-पैर लिथड़ जाते हैं कीचड़ में
तेल में काली चींटियों में
छक्का मारकर लाबू समेत छहों भाई

मेरी पीठ पर चढ़कर घर वापस आते हैं
मेरा घुटना हिल जाता है, हथेली छिल जाती है
भापवाले पीठे के फफोले मिट जाते हैं।

दो

गूँगी सखी, मामा कहाँ ?
मछली के पास।
मछली कहाँ ?
चील ले गई।
चील कहाँ ?
उड़ गयी, धप् से।
इसी तरह धप्प् से गिरते-पड़ते
आदमी पंजे से छिटककर
चित पड़ी चटाई पर, ज़मीन पर
एक दूसरा खेल भी खेला है मैंने।

ऐ लड़की, कहाँ है तुम्हारा घर ?
हरसिंगार के तले।
हरसिंगार के पेड़ में फूल नहीं हैं ?
बन्दर हैं।
हरसिंगार तले ओस नहीं है ?
चूहे हैं।
घास नहीं है ?
कीचड़ है।
पैर फिसलकर आलूदम ! धप्प से !
ऐ लड़की, तुम्हारे सीने में क्या है ?

तीन

सीने में उगता है बेर
फिर सीने में सुपारी

सीने में नारंगी
फिर सीने में कुम्हड़ा
और अंत में
सीने की रस्सी पर लटकता है चमगादड़...

सुबह सवेरे बेर तोड़ लिये लड़कों ने
खोंचा भर-भर ले ली सुपारी बूढ़ों ने
कड़ी दुपहरी में नारंगी पर दाँत गढ़ाया
मनमौजी युवकों ने
कुम्हड़े का मुरब्बा बनाकर खाया मरे कंगलों ने
और रात को चमगादड़ लटका देख
बच्चे-बूढ़े सभी सिर पर पाँव रखकर भागे।

जीवन कभी बाएँ हाथ में, कभी दाएँ में

आजकल एक छोटी संगमरमरी गोली का आकार लिया है ज़िन्दगी ने
कभी इसे बाएँ हाथ में लेती हूँ कभी दाएँ में
इसे फेंक देने पर यह लुढ़कती हुई पलंग के
पाये को छूने की कोशिश करती है
दीवार या छत जहाँ भी इसे फेंकती हूँ
यह ठोकर खाकर किसी न किसी चीज़ की ओट में
पड़ी रहती है, दस दिनों के बाद
कभी चूहेदानी के पीछे, तो कभी बर्तनों के ढेर में
झाड़ू के फाँक में या बहती नाली की छन्नी में
देखती हूँ अँधेरे में अकेले
अपना मुरझाया चेहरा लेकर ऊँघ रही है ज़िन्दगी···

संगमरमर की एक छोटी-सी गोली जैसी ज़िन्दगी
जी में आता है इसे तीसरी मंज़िल से नीचे फेंक दूँ
सामनेवाले रास्ते पर, लोगों के पैरों तले
रिक्शों के चक्कों के नीचे, ट्रक के पहियों के नीचे
ताकि कुचलकर यह नमक जैसी महीन हो जाये···
ज़िन्दगी के साथ नौ-दस सालवाली उम्र की तरह
इस जवानी में भी खेलने को मन करता है
आँगन की घास में, काँच के मर्तबान में डालकर
लूडो के छक्के को हिलाने की तरह
या फिर किसी डिब्बे मे चिउड़ा-चना, नमक

मिर्च, तेल डालकर, सबको मिलाने की तरह
झिंझोड़ देने को मन करता है
लगता है ज़िन्दगी की साँस फिर भी नहीं घुटेगी
खेल फिर भी ख़त्म नहीं होगा।

इससे भी हैरानी की बात है, अचानक रात के समय
या एकदम भोर के समय
मैं देखती हूँ कि ज़िन्दगी संगमरमर की एक छोटी गोली से
एक लम्बे-चौड़े पिरामिड में तब्दील हो गयी है
कभी इसे बाएँ कन्धे पर लेती हूँ
तो कभी दाएँ कन्धे पर
दिन-भर में यह हाल हो जाता है कि
इस ज़िन्दगी के बोझ से मेरे हाथ-पैर सब
अपाहिज होने लगते हैं, रीढ़ की हड्डी दरक जाती है
झुकते-झुकते इस ज़िन्दगी के पैरों तले गिरकर
हाड़-मांसवाली मैं
धूल का एक कण बन जाती हूँ।

टापू

घंटेवाली सुई गौरैया-जैसी तेज़ी से भाग रही है
और मैं एक अँधेरे कमरे में अकेली बैठी हूँ
साँस लेने की आवाज़ भी कोई सुन न ले
कुछ ऐसी खामोशी के बीच ज़िन्दा हूँ
क्या इसी का नाम जीना है या और कुछ ?

मौत के साथ कल या परसों मुलाक़ात होगी या आज ही
या फिर अभी दो मिनट बाद...
ऐसे आतंक से सहमकर मैं अन्दर से नीली पड़ जाती हूँ
जो दोस्त दोनों वक़्त खाने की थाली लेकर कमरे में घुसता है
उसे देखकर दिखावटी हँसी हँसती हूँ
उसकी उँगलियों में सिगरेट रहता है
मेरी तरफ भी जलता हुआ सिगरेट बढ़ाता है वह
दिलासा देता हुआ हथेली रखता है पीठ पर
मैं जानती हूँ कि दोस्त लोग
फाँसी के सज़ायाफ़्ता के बदन को
प्यार से ऐसे ही सहलाते हैं, करुणा से
मैं जानती हूँ, अब कोई-कोई मेरे दोनों गालों को चूमकर
बाँहों को थपथपाकर कहेगा–'क्या बात है !'
और फिर अचानक थाली में डाल देगा–
मछली, मांस, अंडे और दूध...
और उधर मेरी जीभ में इतना कड़ुवापन रहता है
कि खाना देखते ही मितली-सी आने लगती है।

अब मैं किसी भी तरह के खाने में पाती हूँ मौत की गंध
दोस्तों के धड़कते कन्धों पर जब सिर रखती हूँ
तब भी मौत की गन्ध
अब नदी का पानी फूलों की पंखुड़ी
पेड़ों के पत्ते
और धीरे-धीरे बहने वाली हवा से भी आता है
मौत का तेज़ भभका
अकेली पड़ी हूँ, एक अँधेरे कमरे में
बहुत कुछ ताबूत-जैसी
रह-रहकर देखती हूँ कि एक सपना
मेरी पलकों पर बैठ जाता है
बचपन के खेल का मैदान, नींबू के पेड़ के नीचे
बाँसबेरियों में, बेतहाशा दौड़ रही हूँ,
अपने लोग और पड़ोसियों की भीड़ में, बेखटके।

ईशनिन्दा-कानून

संसद भवन से रेंगता हुआ उतर आया
एक बहुत बड़ा जानवर
नगर के मुख्य रास्तों पर राजाओं की तरह चला
दाएँ गया, बाएँ गया
गली-कूचों में घूमता फिरा और उन लोगों को निगल गया
जो सच बोलते हैं
जो सभ्यता चाहते हैं—उन्हें
जो गन्दगी में हाथ नहीं डालते—उन्हें
फिर भी अजगर की भूख नहीं मिटती
वह एक शहर से दूसरे शहर में गया
बड़े शहरों से छोटे शहरों तक
वहाँ भी उसे उन लोगों के ताजे मांस का स्वाद मिला
जो चित्र बनाते हैं
कविता लिखते हैं
गीत गाते हैं

अजगर बेहद खुश था इधर-उधर नाचते-नाचते
गाँव-देहात, नदी-नाले, खेत-खलिहान पार करते
उसे और भी भोजन मिला—
जो किसान पाँच वक़्त हल चलाता है
जो औरत खेतों में काम करती है
जो चरवाहा बाँसुरी बजाता है

खाते-खाते जब पेट भर गया अजगर का
जब कोई और आदमी नहीं बचा देश में
सिर्फ कुछ कुत्ते ही रह गये
तब कुत्ते और अजगर में गहरी दोस्ती हो गयी
वे काफी लम्बे समय तक ज़िन्दा रहे।

[बांग्ला देश में जब ईशनिन्दा के विरुद्ध कानून बनाने के लिए धर्मान्ध साम्प्रदायिक ताकतें आन्दोलन कर रही थीं, यह कविता तब लिखी गयी।]

इस घर से उस घर

मौत से अब रोज़ मेरी दोनों वक़्त मुलाक़ात होती है
हम एक दूसरे को गहरा चुम्बन देते हैं
आस-पास बैठते हैं, खूब बैठकी होती है
घुटने पर चिबुक रखकर, ज़िन्दगी की बातें जब करती हूँ
भरी हुई नदी, नदी में डूबते-तिरते बालपन बिताना
धूल से खेलना···
फीते से बँधी चोटी लहराकर दौड़-भाग की
गुलाब-कमल, कबड्डी और कटी पतंग के पीछे
दौड़ते-दौड़ते भरी साँझ को मैदान पार कर
नाला पार कर
रात को पोखर किनारे बैठी
सारे बदन में लिपटी चाँदनी
जल में, नींद में डूबी हुई रुपहली मछली देखकर
उसकी तरफ़ हाथ बढ़ाने पर
वह मछली हाथ नहीं लगती है
हाथ आता है टुकड़े-टुकड़े चाँद···
जब बात करती हूँ, घास के बिस्तर से
फ्रॉक में भरकर हरसिंगार
पड़ौसी की दीवार फलाँग दौड़ लगानेवाले दिनों की
मौत की आँखों में भी तब थोड़ी-सी ओस इकट्ठा होती है
उसका भी गला रुँधने लगता है
कहता है—अच्छा तो चलूँ।

मौत से रोज़ दोनों वक़्त मेरी होती है मुलाक़ात
मिलते ही हम एक दूसरे को गहरा चुम्बन देते हैं
जब मैं बताती हूँ—किशोर उम्र के बाद ही
न जाने वे कौन थे जो मुझे जंगली भैंसों के
झुण्ड के आगे छोड़ गये
पता नहीं कौन थे जो
एक गड्ढ़े में ज़बरदस्ती मेरा मुँह, सिर डाल गये
पता नहीं कौन थे वे जो मेरे हाथ-पैरों में
जंज़ीर पहना गये
पता नहीं कौन थे वे जो पत्थर फेंकते हुए
मेरा चेहरा, सिर, कपाल···
मौत की आँखों में भी तब गहरी धुंध उतरती है
और वह कहता है—चलूँ।

मौत के साथ रोज़ दोनों वक़्त मुलाक़ात होती है मेरी
मेरी पीठ और बालों को सहलाकर
उसने वादा किया है कि वह फिर आयेगा
अब और घोर अन्धकार में
मुझे अकेला छोड़कर कहीं नहीं जायेगा
उसका एक घर है रोशनी से भरपूर
वह मुझे वहाँ ज़रूर ले जायेगा।

पिता को पत्र

बाबा, कैसे हो तुम ?

क्या पहले की तरह अब भी
सैर करने निकलते हो ब्रह्मपुत्र के किनारे ?
अब जबकि पानी ही नहीं बचा
तब तुम ब्रह्मपुत्र में क्या देखते हो ?

कास के फूल ? वे भी तो नहीं खिलते आजकल
तो फिर क्या लोगों को देखते हो
सर्किट हाउसवाले मैदान में उतरते हुए
लोगों की जो भीड़ उमड़ पड़ती है
क्या उन लोगों को देखते हो ?

क्या वे लोग अब भी तुम्हारी तरफ़
बढ़ आते हैं पहले की तरह
जान-पहचानवाले लोग ? दोस्त ?
या फिर दो-चार पड़ोसी ?
या इस धर्मद्रोही लड़की को
पैदा करने के अपराध में
तुम्हें चलना पड़ता है सिर झुकाकर
पेड़-पौधों की आड़ में
लोगों की गिद्ध-दृष्टि से बचते हुए।

शायद आजकल सुबह की सैर भी

छोड़ देनी पड़ी होगी
क्या सुबह ताज़ी हवा खानेवाले लोग
तुम्हें डराते-धमकाते हैं !

तुम्हारे लिए बड़ा दुःख होता है मुझे
बहुत तकलीफ़ होती है
मैं जब छोटी थी–
तुम जूते की चरमर के साथ
घर में घुसते थे
तब एक्कर-दोक्कर की लकीरें मिटाकर
मैं पढ़ने की मेज़ तक दौड़ जाती थी
अब भी याद है, एक दिन चूल्हे के पास
बैठकर मैं कोई खाना बनाना
सीख रही थी
कि आँगन में पड़े सहजन के डंठल से ही
धमकाया या तुमने, ताकि कमरे में जाकर
मैं अपनी पढ़ाई पूरी कर सकूँ
और इन्सान बन सकूँ।

लिखते-पढ़ते हुए दिन में सत्तर बार
तुम्हारा मन्त्र 'छात्रानाम् अध्ययनं तपः'
सुनते-सुनते मैं कितनी योग्य
बन पायी हूँ–नहीं जानती
लेकिन इतना जानती हूँ कि
किसी विपत्ति में जब सारे लोग
झूठ के खोले में घुस जाते हैं
तब अपनी रीढ़ सीधी कर
मैं अकेली खड़ी रह पायी हूँ
और तभी इस जुबान की आग में
फूट पड़ता है सच–खील की तरह

इसीलिए आज मुझे
ढूँढ़ रहे हैं लाखों झूठे लोग
फाँसी पर लटकाने के लिए
मैं सिर पर पैर रखकर
दौड़ रही हूँ घोर अँधेरे में
रोशनी नहीं है कहीं–
क्या सारा देश डूबा रहेगा
इसी तरह भूतिया अँधेरे में
लोग घुसे रहेंगे घरों के अन्दर
गूँगे, बहरे, अन्धे बनकर
बिना किसी सपने के ज़िन्दा रहेंगे
तमाम लम्बी उम्र
खाने और तस्बीह फेरने
और लोभ-मोह-माया में फँसे ?
क्या तुम्हें भी दीख रहा है
अपनी आँखों के सामने अँधेरा ?
क्या तुम्हें अब भी लगता है
कि पैरों तले से खिसक रही है ज़मीन ?
क्या तुम्हें महसूस होता है
कि किसी दोस्त का कन्धा नहीं है
तुम्हारी हथेली के पास ?
क्या तुम्हें यह लगता है
कि सिर के ऊपर गहरा रहा है बादल ?

क्या अब भी तुम नया बाज़ारवाले
अपने 'आरोग्य वितान' जाते हो ?
वहाँ बैठकर मरीज़ों को देखते हो
ग़रीब रोगियों का मुफ़्त में इलाज करते हो ?
तुम्हारा द्वार तो
मनुष्य की सेवा के लिए खुला है

कितने दिनों से हम मिल नहीं पाये
आख़िरी बार जब मिले थे तो ऐसा नहीं लगा था
कि तुम वही हो
न पहले जैसी तनी देह
और न पहले जैसी गम्भीर आवाज़
न पहले जैसी जूतों की चरमराहट, न पहले जैसी वह……
तुम भी बहुत बार हारे हो जीवन में, और मैं भी।

तुममें थी अपने गाँव को खुशहाल बनाने की चाह
चाहा था तुमने कि धान, पाट, सब्ज़ी
और फलों से पट जाये तुम्हारा प्यारा गांव
हरियाली का यह हरा-भरा सपना तुम कैसे सँजोते रहे
तुम्हारे सपनों के सोपानों पर चढ़कर
मैं जितना भी ऊपर जाती हूँ
कोई छत नज़र नहीं आती
मुझ-जैसी आतुर को भी।

और बदले में उसी गाँव के लोगों ने
तुम पर कुल्हाड़ी से हमला किया
और मेरे सपनों पर देश के तमाम लोग
फेंक रहे हैं पत्थर, और लुकाठी
हथगोले, आग, जहरीले साँप और फाँसी का फन्दा
भयंकर ताण्डव मचा है चारों ओर, है न ?
लाखों लोग ढूँढ़ रहे हैं एक इन्सान को
मार डालने के लिए–
क्या तुम डर रहे हो ?
क्या तुम्हारा ब्लडप्रेशर बढ़ रहा है ?
डरना मत बाबा, मैं तनकर खड़ी रहूँगी
उन लोगों के पत्थर, बम, तलवार
और पिस्तौल के सामने…

मैं रत्ती-भर हिले बिना खड़ी रहूँगी
इस क़दर अडिग कि वे लोग शायद
अपने हथियारों से मुझे मिटा भी दें
लेकिन मेरे विश्वास को ?
विश्वास तो कभी नहीं मरेगा
जिसे मैं बिखेर चुकी हूँ हज़ारों लोगों में
चाहे छुपकर ही सही वे लोग
उस विश्वास को सींचते रहेंगे
उस बिरवे को पानी देंगे
और अगर यह धीरे-धीरे एक पौधे से
विशाल वृक्ष में बदल जाता है तो फिर
इस धरती पर भला कितनी कुल्हाड़ियाँ हैं
उसके तने पर आघात करने के लिए
अगर उसे काट भी डालें तो भी मृत पड़े वृक्ष के
आस-पास फूट आएँगे फिर से नये-नये अंकुर।

बाबा, तुम टूट मत जाना
जिस तरह तुमने मुझे सिखाया था
रीढ़ सीधी करके खड़े रहना
वैसे ही खड़े रहना तुम
आज हम भले ही हार गये हों
लोग बरसा रहे हों हमारी पीठ पर कोड़े
लेकिन एक दिन देखना तुम्हारा गाँव भी
धान, पाट, फल और सब्ज़ी से खुशहाल होगा
देखना एक दिन मेरे सपने भी अपनी शाखाएँ
फैलाकर विकसित होंगे
धन-दौलत नहीं, सम्मान नहीं
तुम्हीं बताओ—हमारे सीने में एक निष्कलंक स्वप्न के सिवा
और है ही क्या ?

●●●